銀河叢書

ゴンゾオ叔父

小沼丹

幻戯書房

目次

ゴンゾオ叔父

本書は、未知谷刊『小沼丹全集』全五冊に未収録の著者の作品の内、一九四〇～五〇年代に発表された短篇小説を収録したものです。

各作品の表記については、著者特有の表記法に関し一部統一を行ない、全体を新字体・歴史的仮名遣いに揃えた他は、原則的に初出に従いました。また、明らかな誤記や脱字などを訂正した箇所があります。

本文中、今日では不適切と思われる表現がありますが、原文が書かれた時代背景や、著者が故人である事情に鑑み、そのままとしました。

柿

店は明るく灯をともし、歩道は人で一杯であつた。数軒先に、烟草屋を見つけたので、私は烟草を買はうと思つた。烟草屋はしかし、独立した店ではなく、本屋の片隅にとりつけられたものであつた。本屋の、雑誌をのせる台が、歩道近くまではみ出し、その四囲に立つて雑誌を手にしてゐるものが、かなりゐる。台の上から電球がひとつぶら下がり、莫迦に明るかつた。

私は烟草を買ふために、財布をとり出しながら、オヤ、と思つた。本屋の手前までゆつくり歩いて何遍も内心で確かめた。それから、台の前に立つて無賃読書に熱中してゐる一人の肩を叩いた。

振返つた男は、私を見ると、ちよつと考へ深さうな面をした。私は喫驚《びつくり》した。ヤア、といつたか、オウ、といつたのか知らないが、なんでも大きな声を出して私の肩を両手で抱いてしまつた。

「どうした」

「うむ」

私たちは、適当に感情を表現する言葉を発見出来なかつた。私は考へた――この男はきつと孤独なのだらう。昔のやうに、私たちはひとごみのなかを肩をならべて歩いた。空にはかなり円い月がかかつてゐた。が、両側の明るい燈火のために殆んど忘れられてゐるやうに見えた。彼は訊いた。

「いま、何をしてゐるんだね」

私は和服を着てゐた。私は、大学の文科にゐることを告げ、同じことを彼に反問した。彼は、学生服を着てゐた。が帽子を被らず、見当がつかない。

「うむ」

話したがらないらしい。私はどこかでお酒でものまう、と考へた。彼は笑ひながらいつた。

「……俺はね、いま、区役所につとめてゐる。土木課といふんで、土方相手さ」

私は黙つて頷き、訊いた。

「面白いかね」

「うん、まあ、それから、夜学にいつてゐる……」

その夜学を出ると、なんでも技手とかそれに近いものに昇進出来るといふのである。私たちは一軒の大きなビヤホオルに入つた。がビイルがないので、お酒を注文した。ガランとした店のなかには、客がまばらにしかをらず、鉢植ゑのゴムの木が葉をたれてゐた。

坐つてみると、もうなにも話すことはない気がした。

「何年ぶりかな」

「四年ぐらゐぢやないかね」

私は烟草を買ふのを、忘れてしまつたので、彼の烟草をもらつてふかした。彼も烟草をふかしながらニコニコしてゐた。彼は、昔——といつても四年前——友人が尠なかつた。といふより殆んどもたなかつた。学校にゐたときからさうであつたから、いまはむろんあるまい。

「友だちはゐるかね」

「うん、いや、ゐないね」

給仕がお酒をもつて来たので、私は彼についでやつた。自分のに注がうとすると、彼はあわてて、徳利をひつたくつた。それが、少少儀礼的であつたので、私は妙に空虚な気持になつた。しかし、注ぐと彼は再び笑ひながら私の顔を見た。友人のない彼は、偶然昔の友の私にあつて、頗る喜んでゐるらしい。私は私の立場を意識した。私は彼の寂寥を慰むべくその面前に現はれたものである。しかし、さう考へると、私は彼のやうにニコニコ出来なくなつた。

「俺たちは昔、俺のうちで酒をのんだつけな」

「ああ」

彼の家は、新宿にあつた。が、繁華な通りからかなり離れた、汚れた町のなかにあつた。その長屋とも思はれる一軒に、姉と二人部屋を借りてゐた。私と二三の友人は、一升瓶をかかへ、するめやチイズを買求めて彼のうちにいつたことがある。三畳の狭い部屋で、彼の机の上には紅のカアネエシヨンがいけてあつた。

「いまでも、前のところにゐるのかね」

「ちがふ、方向はおんなじだけれども」

彼のゐた家の持主は、落魄の子爵である。尤も、彼がさういつたのである。彼はそれをその男からきいたのであるから、子爵だ、とするにはその男の言を信用せねばなるまい。

「子爵かなにか、あれはどうした？」

「さあ、どうしたかネ、いまでも前のところにゐるだらう」

——そもそもだね、君のいふところに従へば……大きな声がしたので、私は振向いた。一人の肥つた赤い顔の親爺が、相手もないのに、大声で話してゐる。その隣りの席の若い会社員らしい二人は、親爺に摑まるのを怖れたらしく、ぐるりと背中を向けた。しかし、さういつた親爺は、濡れた卓子の上に顔をのせると他愛もなく眼をとぢた。

落魄の子爵は、音楽家ださうである。私は彼が子爵から招待券をもらつたといふので、一夜、音楽会へ出かけたことがあつた。そのとき廊下で子爵なる男を一度だけ見た。痩せて、髪の毛を長くした男で、太いパイプを啣へてゐる。和服を着て、白足袋をはいてゐた。彼は、私の友人と姉に階下の部屋を貸し、自分は二階にゐた。そして、友人の姉のつくる食事を食べてゐた。

しかし、こんなことはどうでもよろしい。尤も当時私は、埃つぽい陸橋を渡つた先の、汚れた町のなかの荒涼たる一軒に、落魄の貴族が住んでゐる、そして、姉と弟の二人の姉弟に部屋をかし、自分はその姉に賄をしてもらつてゐる――そんなことが妙に哀しく思はれたものである。そればかりではない、その忘れられたやうな一隅に存在する、生活を、三人の心理を、私だけが知つてゐるやうな気がして、哀愁を覚えたものである。

しかし、もはや私の友人はその家にゐない。私の眼の前で、笑ひながら酒をのんでゐる。

「もう一本」

私は注文して、烟草に火をつけた。

「姉さんは？」

「郷里にゐるよ、俺も二年ばかり郷里にゐた。受験に落第したからね」

彼が私たちのゐた学校から姿を消したのは、理科方面に進みたいからであつた。しかし、彼はなかなか話さなかつた。私は、黙つて烟草をのみ、卓子の上にこぼれた酒の滴で落書をした。――一体、昔は彼とどんな話をしたのだらう。ちつとも思ひ出さぬ。思ひ出すのは、風が吹くと黄色い埃がまきあがる陸橋と、紙屑がカラカラとんでいく道と、塵のつもつた葉をもつ木が二三本ひよろひよろと格子窓の前に立つてゐる家と、その並びにつづいてゐる同じやうな家家と、一度見たきりの、私に不快な印象を与へた貴族と、見たこともない彼の姉と——彼の姉はどこかの女学校の事務をとつてゐたのである。帰つて来ても私たちに顔を見せたことはなかつたし、私たちも二三回いつたにすぎない——その他、何があるのだらう。

「君」突然彼がいつた。「いい詩集はないかね」

「うん」

私はちよつと喫驚して面をあげた。

「俺は詩を読むのが好きなんだよ。部屋にひとりゐるときなんか、いいね、いいのがあつたら教へてくれないか」

「うん、さうだな」

私は、盃をほすと急いで注いだ。私は、彼が詩集を前にしてゐる光景を容易に想ひ浮べうる。そのゆゑに、私は彼に、詩なんて読むのは止せ、といひたくなる。その光景が私を感傷的にしさうで、妙に気恥づかしいのである。私は、もう一杯のむと、いつた。

「毎日、何をしてゐるんだい」

「毎日かね。朝は八時から、夕方五時近くまで役所にゐる。それから夜学へ行くのさ、それを毎日くりかへしてゐる。尤も、夏なんかいいことがあるよ……」

彼は、一杯のむとつづける。

「区役所の近くにプウルがあるんでね、暇なとき泳ぎにいけるんだ。役所のものは只なんだ。だからずゐ分行つたよ」

彼は嬉しさうに笑ひ出した。私は気がついた。

「今夜は、学校は休みなのか」

「ああ」彼は笑つた。「休んだんだよ」

誰かが、浪花節をうなり出した。見ると若い男である。天井を睨んで蛙を潰したやうな声を出して得意になつてゐる。

「もう出ようか」

「うん」

私が伝票をとると、手が出て伝票をさらつていつた。友人は私を見ると何のためか胸の辺を叩いていつた。

「俺に払はしてくれ」

外へ出ると、冷やかな風が吹きすぎた。私たちは意味もなく、歩道を歩いていつた。灯影は大分消え、人影もかなり減つた。歩道のつきあたり——といつても別につき当るわけでなく、延延としてつづいてゐるが、繁華な通りのつきるところまで行くと、私たちは再びひきかへした。別に話もない。

「之之《これこれ》、之之」

百貨店の建物の暗い蔭に一人の親爺がゐて、暦を見せながら呟いてゐる。歩いていくと、駅のところへ出た。私たちは立ちどまつた。信号燈が五六回赤から黄に、青に変るのを眺めた。

「どうしようか」

「うん……」

これから再び、どこかの椅子に坐つたとしても、何も話はない。私と友人は、駅の改札口の方に歩き出した。駅内の売店に、赤い網袋に入つた柿が、いくつも下げてある。店の光を浴びて妙に美しい。

「きれいだね」

私はさういつた。改札口近くまでいつて、気がつくと彼がゐない。私は、立ちどまると人人の間に彼を探した。

「やあ」

気がつくと、彼は私の傍にゐる。私たちは改札口を抜けた。そこで、私は思ひ出した。

「さうだ、君は電車にのらなくてもよかつたんだな」

「いや、向う側へ抜けて帰るよ、その方が近いんだ」

すると、私の眼の前に、赤い網袋に入つた柿が出現した。私は驚いて彼を見た。

「やるよ」

彼は笑つた。

「どうして」

さう反問して、私は理由のない感動を覚えた。暗い地下道には、壁にもたれて腕組をしてゐる男がゐた。悠悠と寝てゐるものもゐた。私は柿をうけとると、袋の口を開いた。

「君も、もつていけよ」

彼は遠慮して二つしかとらない。私は更に一つ、彼に渡した。袋のなかにはまだ二つ入つてゐる。プラットフオオムで彼と別れた。私は彼の後姿を漫然と眺めた。彼の洋服のポケットはふくれあがつてゐる。下駄はすりへつてペチャンコである。

私の立つてゐるところから、陸橋が黒く空を切つて見える。私は袋から柿をひとつ出すと掌にのせた。冷たい感触が私に、昔のことを思ひ出させた。私はその柿の重量を、計つた。それは私の掌に、心地よい感じを与へる重量であつた。しかし、私のこころは妙に空虚であり、重苦しかつた。――何だつて、柿なんか買つてくれようとするのか。私は自問した。そして自答した。――淋しすぎる、どうも淋しすぎていけない。

その翌年の二月ごろ、私は彼がくれたハガキに書いてある地図を便りに、彼の家に出かけていつた。それまで、一度もあはない。彼から二三度ハガキが来たにすぎない。

雨あがりの夜であつた。その次の日、昔の仲間が集まらうといふ話になつて、私は彼も招ばうと思つて出向いたのである。暗い路の上には、ところどころ水溜があり、街燈の灯を映したりしてゐる。まだ八時ごろだつたが、家並はひつそり眠つてゐるらしかつた。

私は、家を探すには殆んど自信がない。だから、街燈のあるたびに彼のハガキを見て、確かめながら進んだ。どこのうちも暗く、訊かうにも、訊けぬ。さうやつて確かめながら歩いていつたにも拘らず、私は路をまちがへた。地図にない坂が突然出現し、坂の中途にはこれから家が建つらしい空地がある。空地の傍には、四角い石がつみあげてある。

空には雲が疾く流れ、月の光らしい、切れ間が白く光つてゐる。私は、南風の香を胸一杯すひこみながら、石の上に腰を降した。雨あとの南風は、いつもながら私を妙に愉快な気持にする。同時に、そのときは、やがて来る春の香も充分嗅がれたわけである。

しかし、私が気がついて立ちあがり外套の臀の辺にさはつて見たところ、大分しめつぽい。坂の下の方には黒く木立がつらなり、灯影がひとつチラチラしてゐた。そんなところにぼんやりしてゐると、決していい結果に出会ふまい。私は、引返した。

いい加減の見当をつけ折れると、それらしい家があつた。路は暗く、人影は全くない。私はマツチをすると、表札と覚しき辺にもつていつた。彼が下宿してゐる家なのを認めると、大いに安心した。そこでもう一本、マツチをすると、烟草に火をつけた。が、烟草をのみながら、知らぬ家に入るのはをかしい。路の真中に立つて烟草をふかしてゐるのも妙な気がする。私は烟草をすてると、硝子張の格子戸に手をかけた。

ガラリ、私は別に力をこめたわけではない。が、戸は勇ましく威勢のいい音をたてた。そこで私は、それ相応の声をはりあげた。

「今晩は」

さういつてから、気がついた。――何と美しい月光であらうか。戸をあけてすぐ土間である。狭いところに自転車や下駄や靴が散らかり、剰《あまつさ》へ大きな林檎箱が二つ三つつんである。だから私は、格子戸から首だけ突込んでゐる。右手は障子で左手は壁、突き当りは丸い硝子窓をもつた壁である。その丸い硝子窓一面が青い月光を映してゐる。おかげで、乱雑な土間さへ、なにやら物語めいてゐるのである。

私は、その月光を鑑賞した。が、私の声ばかりが波紋のやうにひろがり、消え去つても何の反応もない、といふことに気づくと、私は聊《いささ》か不安になつた。

「御免下さい、今晩は」

さういつた。それから、これは何か童謡の歌詞にでもありさうな気がした。依然として答はない。同時に私の耳は、かすかな響をとらへた。しかし、ひとたび捉へると、かすかどころではない、相当の鼾であつた。と同時に、私は硝子窓の月光が、実は月光に非ずして、青電球の光だと気がついた。

非常に現実的になつた私は、それから五六遍、同じことをくりかへしていつた。が、踋は、あるいは低くあるいは高く、私の声など問題外であつた。私は、直接行動に出て、私の友人の名を何遍もよんだ。が、これも無駄であつた。その家を見るに、燈火らしいものはただ、月光とまちがへた青電球の光のみであつた。

私は、ポケットを探ると、一枚の紙に友人宛に来た旨を記した。それから、上口の狭い板縁の上にのせると、効果を考へた。すぐ眼につくだらう——私は怖る怖る戸をしめると急いで歩き出した。

次の日の晩、友人はついに現はれなかつた。私の紙片が見つからなかつたのであらうか。私はそれを審《いぶ》かつた。ところが家にかへつてみると、私は机の上に一枚の速達ハガキを発見した。文面は簡単である。

召集令が来たので、郷里へ帰らねばならない。昨夜は、役所のひとが壮行会をしてくれるので出てゐなかつたので失敬した。今日郷里へかへる。元気でゐたまへ。

それからもう三年ぐらゐたつた。私は、学校を卒業し、都心に遠いある学校に勤務してゐる。かつて歩いた繁華な町町も、いまは月に一度歩いてみるかみないかである。歩いてみても、匆匆《さうさう》と引きあげてくる。用のない限り出ることもない。それに、不便なところだから、滅多に出る気にならない。

自然、知人や友人の顔もあまり見ない。この秋、私の家の庭に柿がなつた。この秋、のみではない。そして私の庭の柿ばかりではない――柿を見ると、私は私の征きし友人を思ひ出す。彼からは二回通信があつたのみで、その後杳として知れぬ。彼が、祖国のためにその生命を捧げたか、あるいはなほかつ戦ひつつあるか、それは私に判らないが、私のこころのなかには、彼のくれた柿が赤く美しくそしてその計られざる重量をもつて残つてゐる。

淋しすぎる――と私はかつて自答した。が、いま私のこころはそれを否定する、慚愧する。百千の理窟よりもただ、一箇の赤い柿の実が私の脳裏をかすめるとき、私は人生の虚偽を忘れ、古い顔のひとつにいひしれぬなつかしさと憩ひを覚え、且つ励まされるのである。

時雨

引越したばかりの時、出鱈目の散歩を試みてゐる裡に道に迷つた。畠に働いてゐる中年の農夫に自分の家の番地を告げて、道を訊いた。首をひねつて考へてゐるが、判らぬらしい。

「何ていふ家ですか」

私の姓を告げても、通じないに決まつてゐる。思ひ出したことがあるから、かういつた。

「もと、銀行をやつてゐた家だけれど……」

「ああ、それは……」

農夫は、直ちに道を教へてくれた。

その家を借りるとき、頗る饒舌の家主の妻君が、こんな話をした。尤も、他にペラペラ喋舌りまくつたが、生憎私の記憶にない。私の借りた家の隣りに家主の妻君が一人で住んでゐる。家は藁葺の農家である。巨きい。柱や梁には、明らかに一抱はあらうと思はれる材木が用ゐてある。家主は農夫でない。何かいろいろの仕事に手を出してゐるらしく、地方に出張してゐて殆んど家にゐない。家主はその家を、極めて安い値段で買ひ取つた。

嘗てその家には、一代に莫大な富を積み、剰へ一代に散じた英雄が住んでゐた——と妻君はいふ。私設の銀行を開き、取引するものは近県に及んだ。理由は判然としないが、それが一朝にして没落した。その機を捉へて、家主はこの家を掌中に収めたらしい。その話を思ひ出したから、農夫にいつたのである。が、私は妻君の饒舌に反感を持つてゐたから、その話は成るべく取上げぬやうにした。

雨漏がしたり、鼠が暴れまはるのを、私は妻君と聯関させて考へた。が、少少歪んだ二階の窓からの眺めは、必ずしも女主人と正比例しない。庭一面の樹木の梢が、眼の前に展がつてゐる。樹立のあひだに流れる青い夕暮の色を見てゐると、藁廂《わらびさし》から白い羽虫の群が舞ひ下り、また消える。風の強い日は、梢ごし右手に見える土堤の道から、赤い土埃が上つた。その道の尽きる辺の黒い森が、雨の日は灰色に烟る。——

その家から徒歩で十分ばかりの所に、私の勤務してゐる学校がある。農家やちつぽけな家が点在してゐる他は、径の両側は畑である。頗る単調な径である。ただ、七八頭の牛を飼つてゐる家が――といふより、牛が、私の興味を惹くぐらゐである。木柵のなかにゐる牛は、しかし立ち駐まつて見るほどのものではない。ときをり、一頭の牛が径の傍の草のなかに繋がれてゐることがある。通る私を、じろりと見る。ハハア、と私は考へる。何故か自分でも判らない。

ある時、ある人が、牧場の近くの住人、と私を呼んだ。成程――牧場といふ言葉は悪くない。私は自分に与へられた呼称上の一資格を幾らか浪漫的に考へた。が、実際に牛共のゐる所を通ると、牧場といふ言葉が喚起する感情が忽然として消滅する。味気ない現実である。単調な径である。そこを私は朝夕、往復する。単調な径であるから、自然私は内心にさまざまなことを思ひめぐらして歩くことが尠くない。

しかし、その単調な径の傍の一軒を、私は往復の途次、念頭におくやうになつた。女主人が話したのを、忘れてゐたのかもしれない。あるいは女主人が故意《わざ》と話さなかつたのかもしれない。トタン屋根の軒が低く垂れてゐる下に、破れた硝子に紙を貼つた戸が立つてゐる。そのお粗末な陋屋に、嘗て栄華を極めた風雲児が蟄居してゐる――と、私に告げたのは近所の植木屋である。うつかり、ホホウと感心したら、植木屋は頗る喜んだ。

「へえ、知りなさらなかつたんですかい、へえ、あの家なんですよ、全くの話が、ほんたうに……」

と、同じことを七八遍繰返していつた挙句、何故か、鉢巻をしてゐる頭を二三遍ピシャピシャ叩いた。

私はその家で見かけた人間を思ひ出さうと努めた。が、誰も浮かばない。話を耳にしてから、私は往復の途次その家に注意した。その結果、径を歩くとき頻繁に聞えた、オッホンホンといふ傍若無人の咳払ひが、その家から発せられることに——のみか、咳払ひの主は私が度度目撃した皺苦茶の爺さんであることに、気がついた。

晴れた日だと、老人は家の前に筵を敷いて坐つてゐる。縄をなひながら、あるいは、藁で何か作りながら、そして、ときをり、オッホンホン、と大きな咳払ひをする。

「あの爺さんは、聾でしてね、なあに年が年ですからね……」

と植木屋はいつた。

老人は、いつも着脹れてゐる感じがした。茶の厚ぼつたい袢天様のものを着こみ、股引《ももひき》を穿いた足を投げ出してゐる。袢天のところどころから綿が覗いてゐる。一度は、よちよち歩いて垣根に向ひ、小便をしてゐた。通りかかる私を見ると、ちよつと眼をあげる。皺の深い頬が動く。何か食べてゐるやうに口をもぐもぐやるのである。

私は老人を眺めて、かつての日の老人の雄姿を描き出さうと虚しく試みる。虚しく――何故なら、私は老人の裡に昔の日の些細な余香をすら、嗅ぎ出し得ない。落魄といふ言葉も用ゐ得ない――老人は、着脹れていくらか猫背気味の肩の上に、白髪の頭をのせ、すべての感情を喪失したやうに見える。私には、何の感慨も湧かない。強ひて申すと、陋屋の前に、粗末な恰好で坐つてゐるのがぴつたりするほど落魄《おちぶ》れた老人、それが私に寂寥を覚えしめる。

一時は巨きな家で旺《さか》んな生活をした本人が、そこから程遠からぬ茅屋に住んでゐる、それが私の興味を惹いた。次に、その本人が、嘗て自分が住んでゐた家を、またそこの住人を如何なる気持で見るであらうか、それが私の好奇心を唆つた。が、老人を眺めてゐる私から、そんな興味は飛び翔つた。単調な径を往復する――私は老人を見かけると妙に心が和むのを感じないわけにはいかなかつた。それは冬の陽溜りに鶏が静かに眼を閉ぢてゐる、亦は餌をあさつてゐるのを見ると同じやうな、あるいは冬の温い陽差しが軒に吊した干柿の影を、障子に落としてゐるのを見るやうな、気持に似てゐるかもしれない。老人を見る。と、私は自分の繁雑な生活を、不快な気持を忘れることがある。

ある夕方、径を歩いてゐると冴えた金属的な音が、鋭く私の静寂を貫いた。足許に転つて来たのを見ると、トタン屋根に落ちて鳴つた椎の実である。気がつくと大分落ちてゐる。私は梢を仰いだ。葉の茂みが風に戦《そよ》いで、その上に曇つた空がある。眼を落すと右手の径から出て来た老人を認めた。一人ではない、老人と一緒に住んでゐる孫娘が手を貸してゐる。孫娘は、夫が戦地に征つてゐるから老人の面倒を見るために来てゐるらしい。老人の伴侶は疾くになくなつた。息子は——植木屋によると別に一家を構へ、あまり老人に構はぬらしい。老人と娘は、私の方をちよつと見る。老人は口をもぐもぐさせて、何かいつた。

「うん、さうさう」

娘は、片手にもつた包みを気にしながら、いい加減の生返事をした。径はかなり長く真直に伸びてゐる。私の前方には、この二人の他に人影は見えない。冷やかな風が吹く。曇天の下の径を行く二人の姿は妙に淋しかつた。同時に亦、妙になつかしい気がするのも否めなかつた。

私の家の門から入口までの径には、両側に銀杏が並木のやうに立つてゐる。その葉が落ちて径を黄色く彩るやうになつた。径の一方には、風に吹き溜められた枯葉が積り出した。歪んだ窓から、また雨戸の隙間から、寒い風が遠慮なく侵入して来て、私は頗る閉口した。そして、藁葺きの家はとても温い、といつた家主の妻君を憎らしい奴だ、と思つた。

ある朝、私は老人の家の硝子戸に、忌中の黒枠の紙が貼られてあるのに気がついた。ハハアと、私は考へた。それから、最近、老人の姿を見なかつたことに気がついた。平生は人声のないその家に、何人かの男の声が聞える。単調な径としては、異常の出来事かもしれないが、そんな気がしなかつた。極く自然の出来事のやうに思はれる。忌中の上に桜の枝が垂れ、蝕まれた葉が残つて小刻みにゆれてゐる。私は通常のやうにその前を歩み去つた。老人の鼻の脇に大きな黒子があつたことを思ひ出した。

翌翌日の午後、帰途、私は径の上に葬儀車を認めた。近づくと、傘をさしたひとびとが数人、径の上に立つてゐる。灰色の空を、淡褐色の雲が疾く走つてゐる。白く細い雨がハラハラと葬儀車の上に散つた。屋内では話声がする。戸が全部外してあるから、内部が見える。奥に坊主が立つてゐる、植木屋の親爺が、畏まつた顔をして坊主と話してゐる、横切る者のために二人はときどき見えなくなる――ゆつくり歩きながら私は家の前で軽くお辞儀をした。すると、鋭い声が、といふより感情が私の全身を駈け抜けた。私はその原因を、確めた。間違ひではない、柩に釘を打ちこんでゐるのである。すると私の脳裡に殆ど忘れかけてゐるなつかしい詩句が甦つた。

――何処にかあわただしく柩の釘をうつ気配、昨日は夏、世ははや秋、げにこのあやしきものの音は野辺の送りの鐘となる――

私は、葬儀車を、傘の群を後にした。しかし、柩の釘の音は背後から追つてくる。

「まあ、いまお帰りですの、ホホホ、ええなあに、ちよいと顔出ししないと、ええ……」

「ああ」

家主の女主人の頓狂な声が、丸い眼玉と共に私の正面にある。黙つてゐれば所かまはず、廿分も卅分も喋舌り出す。

「ぢや」

「ええ、行つて参りますよ……」

聊か、気持がチグハグになつた気がする。私は濡れた径を歩いて行く。径の傍に牛が一頭繋がれてゐる。枯れた草のなかに寝て、顔をあげて私を上眼遣ひに見る。老眼鏡をかけた老人然と——私は、死んだ老人のことを思ひ出した。よく似てゐる。行き過ぎて振返ると、牛は低く草に頭を隠した。牛よ、お前の孤独を知つてゐる。何といふことなく私はさう呟く。するど、ひとしきり、雨が溜まつた朽葉の上に高い音を立てはじめた。

白き機影の幻想

僕がKさんと親しくなつたのは、その年の秋からである。家が近かつたから、それまでも顔を合はせれば、会釈するとか、あるいはお座なりの紋切型の日常挨拶を交すことがないこともなかつた。

その年の夏から秋にかけ、僕は健康を害ねた。身体の方はまもなくなほつたがどうも調子がよくない。神経が少し参つたやうな気がした。知己の医者に見て貰つたら、当分休息するがよからう、といつて診断書を作つてくれた。勤務を不快な重荷に思つてゐた僕は歓んでそれを提出すると、どうやら暫くブラブラしてゐられることになつた。

ところが、さて、ブラブラしてみると当時のことだから自由がきかない。のこのこ殺風景な街に出て行くのもどうかと思はれる。出たところで、また面白いことはひとつもない。K

さんは画家である。大抵、在宅してゐる。自然僕はKさんに近づくやうになつた。

十一月の初めのことである。ある日僕は裏の原を散歩した。二年前までそこには大きな杉林があつた。が、もう杉林は切られてなく、切株を掘り起こして農夫が畑を作りかけてゐた。原一面に黄ばんだ草がひろがり、その間をうるしの紅が点綴してゐる。散歩してゐるうちに、僕は口の欠けた茶碗が一箇、草のなかに転つてゐるのを発見した。泥にまみれて、茶碗には汚れた蜘蛛の巣が張られてゐた。更に、すぐその近くに、僕は小さな赤い手袋の片方を見出した。

雲の流れる日で、淡い陽差しがときをり原の上にこぼれ落ちる。僕は風に、何か香を嗅いだやうな気がした。が、よく判らなかつた。僕は暫く立つて、口欠茶碗と赤い手袋を見つめた。何か暗示を受けるやうな気がしたが、それもよく判らない。が、幾らか憂鬱を交へたささやかな憩ひを覚えた。それは童話の世界、あるいはささやかな童話の発端、のやうにも思はれた。

散歩から帰つて玄関を上つた瞬間、突当りの白壁を見て突然、死を想つた。何故か僕は知らない。僕は茶の間にあつたSの画を外すと、玄関の白壁にかけた。油画の風景画である。

かけながら、Sも死んだな、と考へた。Sも……しかし他に誰が死んだのか、僕は反問した。返答は出来なかつた。

僕は気持を紛らせるために、トランプの独占ひをやつた。五遍目にやつとあいた。そこで床屋に行くことにした。僕のゐるところは郊外である。駅から徒歩で二十分ばかりかかる床屋は、駅近くの商店街にある。僕はブラブラ農家の並ぶ路を歩いていつた。すると一軒の農家から、真紅のとさかをつけた、まつ黒な鶏がとび出して来た。僕はちよつと立ちどまつた。トランプ。赤と黒。地獄。ともかく、気味の悪い鶏にちがひなかつた。僕は立ちどまつた自分に苦笑を覚えた。歩き出しながら、スタンダアルや赤と黒、と妙な、俳句の下の句のやうなものをつぶやいた。妙なことにその文句が気に入つたので、僕はときをりつぶやいてみた。

床屋には先客が一人ゐた。鏡に映つた顔が僕を見ると微笑した。僕も笑つた。それはKさんであつた。僕は土間のベンチに腰かけて煙草をふかした。しばらくすると、床屋の親爺の妻君が出て来て、僕を招いた。並ぶと中央の仕切のためにお互ひに顔が見えない。僕とKさんはちよつと話をした。

「お休みですか?」

「ええ、ちよつと……」

するると、急に二階で誰か跳びはねてゐるやうな大きな音がした。子供が相撲でもとつてゐるらしい。が僕の予期に反して親爺も妻君も別に叱りつけようとしない。そのうちに妻君が、何だらう、騒騒しい、とつぶやいた。そこへ、床屋の男の子が外から戻つて来ていつた。

「空襲警報だよ」

「ふんさうかい」

親爺はさういつただけである。Kさんは先に終つた。が、ベンチに腰かけ戸の外を見てゐる。親爺は妻君に変つて僕の頭をいぢりはじめた。半鐘が鳴つてゐる。やがて終つた僕はKさんと一緒に床屋を出た。

「いやな町だな、ここは」

Kさんがいつた。僕は同感の意を示した。二人共空襲警報が気になつてゐたから、ときどき空を仰いだ。が、雲が流れてゐるばかりである。ひとつナポレオンのプロフィルに似た雲がある。見てゐると、オランウウタンになる。遠い梢風。僕はちよつと胸に痛みを覚えた。その夏、僕はある女性と悶着を起こした。それは万事終つてゐる筈であつた。が、かつて僕の心のなかにその女が占めてゐた場所、それは空虚のまま容易に満されようとしない。その空虚に気づくと僕は早速方向転換するべく努める。

「今日、おひまですか？」

「ええ、どうぞ」

Kさんは微笑した。僕の予定では、Kさんのその答への前に、もうひとつ僕の質問が這入る筈であつた。僕は先を越されたので、唯、ええ、と答へた。Kさんは僕が考へてゐたより、もつと気のおけぬ人らしかつた。それで、その日、僕はKさんのところにいつた。僕がKさんの家にいつたのはその日が始めてである。

Kさんのアトリエはひどく殺風景であつた。見たところ、絵もゐがいてゐないらしかつた。窓近く、椅子が三つあつて小さな卓子がおいてある。僕たちはそこに坐つて話した。窓から、原が見渡せる。Kさんは烟草の罐をもつてくると僕にすすめた。名前は忘れたが外国烟草である。

「僕が喫まないから、残つてるんです」

Kさんは、顔色がよくない。婆さんが、紅茶を運んで来た。Kさんは奥さんがゐないのである。婆やと二人住んでゐる。婆さんは、近所にゐながらいままで一度も来たことの無い僕が、突然現はれたのに驚いてゐるらしかつた。Kさんは想ひ出したやうに、ウヰスキイをもつてくると、僕にきいて茶碗にたらした。僕は茶碗を手にとると口に近づけた。紅茶の香が、僕に、何故か平和の世の思を想ひ出させた。するとこの殺風景なアトリエも、なにかささやかな、憩ひの場所に思はれる。

「冬になると」Kさんはいふ。「この裏の原に雪がつもるのが楽しみなんですよ。ちよつと、小規模のシベリヤみたいでね」

原の道の向うには、伐り残された、神社の森が黒く見える。かつて公鳥が鳴いてゐたのは、あれは六月だ。もう秋も半ばすぎ、やがて冬が来る。僕はそんなことを考へる。が、シベリヤはちよつと予想外である。

「シベリヤ……か」

「ええ、そんな感じがしませんか」

Kさんは頬をゆるめた。おそらく、Kさんは大声を出したことがなからう。我を忘れて怒つたこともまづなささうである。が、凱旋の、曠野を夢見るそのKさんの心理は、僕にも理解出来る気がする。

「しかし、冬はどうもいけません。気持が昂ぶるんでね」

さういふとKさんは軽く咳をして、失礼といつた。僕はまもなく、家にかへつた。僕は小さな家に一人で住んでゐる。夏までは、一人の女がゐた。いまはむろん、ゐない。最初は自炊したが面倒になつて、いまは隣りのAさんのところに食事になると出かける。食事のときAさんの妻君がいつた。

「ずゐ分、高射砲をうつたわね」

僕は床屋できいた、ドタバタ跳ねるやうな音がそれだつたのだらう、と気づいた。その夜、サイレンが鳴つた。月夜。雲もない。飛行機の爆音がきこえる。僕は暗い燈火の下でトランプを弄んだ。

その後、僕は毎日のやうに、Kさんの家に出かけた。またKさんも僕のところにやつて来るやうになつた。ホオム・スパンの服を着て、両手をズボンのポケットに入れ、現はれるときには散歩の帰りか、細いステツキなどたづさへてゐる。顔を合はせると必ず微笑する。弱弱しい微笑である。にも拘らず、何か底に強いものが潜んでゐる気がするのは、Kさんの眼の故かもしれない。

ある日、サイレンが鳴つた。すぐ、空襲のサイレンが鳴る。僕は靴をはくと、防空壕の入口においた三脚に腰かけて、胡桃を割つて食べた。上衣の両方のポケットにつつこんだ奴を一つづつ出して割るのである。頭の上に枝を伸ばしてゐる楓の木からときをり葉が散つて来た。曇天。日本機はとぶが、一向に米機が見えない。

僕は胡桃を割つて食べながら、幾人かの親しい友人のことを考へた。彼らはすべて戦場にいつてしまつた。僕は孤独を覚えた。すると脳裏に、彼女がひらめいた。

僕は立ち上つた。すると垣根の向うから、Kさんがやつてくるのが見えた。

「来ませんね」

Kさんは笑つていつた。僕は縁側から椅子をひとつ降した。Kさんは腰かけると、僕の割る胡桃を食べはじめた。

「Kさんのところに壕はあるんですか？」

「ええ、婆やが掘つた奴が」

Ｋさんは、曇天を仰いだ。それから、不図思ひついたやうにかういつた。

「奥さんは？」

「え？」

僕はちよつと、判らなかつた。が、意味が判ると苦笑する他はなかつた。同時に、僕の脳裏に唐突にこんな詩句がよみがへつた。……今は秋。その秋の尚ほ汝の胸を破るかな。

「ゐなくなりました」

「ゐなくなつた？」

Ｋさんは穏やかな眼差しを僕に向けた。が、すぐ微笑すると黙つて二三度点頭《うなづ》いた。今度は僕の訊く番である。

「Ｋさんは奥さんは？」さういつて附加した。「前に……」

「いや、ずつと一人です」

当然のことのやうである。僕は胡桃をポケットから出すと石にのせた。別の小石でトントン叩きながら訊いた。

「理由があるんですか？　何かセンチメンタル・アフエアとかいつたやうな……」

「いいや、ありませんね」

「全然？」

Kさんはいくつだらう？　僕の見たところでは三十七八である。Kさんは僕の差出した胡桃をとると、いつた。

「むろん、この年まで全然ないことはない。が、そんな深刻な奴なんてありません。一人面白い女がゐました。が、ピユウンと消えてしまつた。僕が小説家だと、から書きますね。……彼女は身体は重かつた。が、心は軽すぎた、とね」

Kさんはその自分の文句が少少得意らしかつた。僕は、もう少しうまい表現法があるやうに思つた。が口に出さなかつた。

夕刻になると風が出た。冷冷する風は、枝葉を一斉に庭隅に吹き寄せた。僕はその風のまにまに吹きよせられる枝葉の群を見つめてちよつと悲しかつた。大きなけやきの木が身震ひすると、驚くほど夥しい枯葉が枝を離れて舞つていつた。咲き残りのコスモスが、激しく風にゆれてゐる。そこを、枯葉の群が駈け抜けて行く。僕はそのコスモスに、Kさんを見出した。それは妙に果敢ない気のするものであつた。が同時に、妙に心を動かすものでもあつた。

僕の生活は平凡であつた。僕は、本を読んだり散歩したりあるいは陽のあたる縁に坐つてぼんやりしたりして過した。連日のやうに空に爆音がとどろく。晴れた日、碧空を見てゐると、一点、白く輝くものがある。輝くものは飛行機である。碧空に浮いた塵のやうに見える。その動きを眼で追つて行くと、ふつと見えなくなることがある。網膜に残つてゐる気がするが、もう見えない。白い一点が、吸ひ込まれるやうに碧空に消える瞬間、それが僕の心をひきつけた。見えなくなるのは、むろん、光線の関係にちがひあるまい。が僕は生と死の分岐点もそんな、ふつと消える瞬間ぢやないか、と思つた。

Kさんに話すと、Kさんは淡い雲の消えて行くのを見てそんな気がしたことがある、といつた。

「それは……」Kさんはちよつと口をつぐんだ。迷つてゐるらしかつたが苦笑するといつた。「それについちや、話があるんです。なに、僕の若いときのことだが、まだ学生のころ、一度ある女と田舎へ行つたことがあつた……」

森にかこまれた野原に二人で坐つた。人も滅多に来ないところらしく、森にかこまれた野原はひどく静かである。静か……といふより、なにか取残されたやうな寂寥を覚えさせる。

野の花が風にゆれ、空には雲がいくつか流れる。平凡ではあるが、ともかく静かな美しい原である。そこでKさんは何を感じたか、といふと思ひがけず激しい性慾を覚えたといふのである。

「変な話だけれど、いま思ひ出してもちつともいやな気がしない。何だか、莫迦にきれいに思へるんだが」

Kさんは微笑した。相手の女はどうだつたか判らぬが、ともかくそこで二人は、抱きあひ、愛撫しあつた。愛撫が終つて草原に寝ころんでゐるKさんの眼に、淡い小さな雲が、映つた。雲は流れつつ次第に淡れ、雪片のやうに溶けて、ふつと碧空に消えてしまつた。生命の激しい慾情を満し、そのあとにつづくいくらか虚ろな気持のなかにゐたKさんに、その消える雲がひどく印象的に思はれた。

「そのときですね、まあ、いま貴方のいはれたやうなものを感じましたよ」

Kさんはちよつと照れ臭さうであつた。それはKさんのアトリエの、原に面した窓辺の話である。話してゐる裡に、裏の原一面に夕暮の色が流れ、小径をリヤカアをひいて農夫が通つた。青い仕事着、股引。頭には黄色い古びた麦わら帽子。僕はその農夫を見ながら、生活のなつかしさを思ひ出した。僕は、農夫が遙か向うの黒い森に消えるまで見送つた。原には夕もやがかかり、左手の農家の辺りに、黄色い灯がともつた。

僕はKさんが、独言のやうにかういつたのを憶えてゐる。

「僕の時代は、しかし、もう終つてしまひましたよ」

ある朝、僕は晩く起きた。ひどく気持が和やかになつてゐた。それは僕の見た夢のためらしかつた。がその夢は……といふとどうもはつきり思ひ出せない。僕は寝床のなかで、窓に映る裸の枝の翳をながめながら、とりとめのないことを考へた。すると、こんな会話が僕の耳に這入つた。

「象の鼻、長いよ」

「象見たよ、動物園で」

甲高い子供の声である。Aさんの家か、あるいはもう一軒先の子供らがよく集まる広い庭のある農家の辺での会話らしかつた。象、elephant。中学に這入つたばかりのころ会話の時間、ミス・ダニエルズは僕たちに判らせるやうに象の恰好をしてみせたことがある。四五年になつたころ、僕はときどきミス・ダニエルズの住居に遊びにいつた。ミス・ダニエルズは僕に詩をよんでくれた。いまでも僕は、モウド・ミユラアの最後の二行や、マイ・ロスト・ユウスの冒頭やリフレインを唇に上すことが出来る。……

僕は起き上ると井戸端にいつて洗面した。楊子を使ひながら、井戸を蔽つてゐるトタン板に眼をやつた。瞬間、僕は吃驚した。トタン板の上には図案化された象が描かれてあつた。その下にはTRADEMARKといふ横文字もついてゐた。が、いままで一度もそんなものに気づかなかつたのは事実であつた。何故、いままで気づかなかつたのであらうか？　僕はいそいで洗面をすますとAさんのところに出かけた。

庭に、近所の農夫が一人立つてゐた。五十近い小肥りの男であつた。彼はAさんの妻君と何か話してゐた。彼の長男が戦死したといふのである。

「ポチャリでさ。ええ。海のなかにね、ポチャリ、それでおしまひでさあ。折角大きくして学校へやつて……それがポチャリでさ。といつても、こればかりは」

彼は笑つてゐる。が、その笑ひには複雑な陰翳があつた。明らかに、自制と忍従の習慣が、本能をくぎづけにしようと努めてゐる。何故。多分、僕、あるいは妻君といふ存在のために、同時に、僕、あるいは妻君を含めたもつと大きな存在のために。が、彼の次の言葉は僕を驚かせた。

「新規蒔直しでさ。もう一度、若返つた気でやりまさあ」

Aさんの家を出ると、僕は散歩した。僕は路で、一人の女に家を訊ねられた。三十をこしたらしい、女であつた。が、そのひとは、ひどく美しかつた。女が訊いたのはKさんの家である。僕はKさんの家の前まで案内すると家に帰つた。

午後晩く、僕はKさんのところにいつた。Kさんはアトリエで乏しい炭火の前に腰かけてゐた。卓子の上には巻煙草の吸殻が這入つた浅い灰皿がのつてゐた。僕は自分の煙草の灰を落しながら、それらの吸殻の吸口の紅に眼をとめた。

「誰です?」

僕は無遠慮に訊いた。

「ああ、案内してくれたさうですね」

Kさんは微笑した。が、僕の問には答へず却つて反問した。

「僕が結婚出来ると思ひますか?」

そのKさんの顔にはちよつと揶揄するらしい子供つぽい表情が浮かんだ。むろん、僕の答へ得る問ではない。僕は黙つてゐた。Kさんは軽く咳込むと、僕に替つて自分で答へた。

「むろん、出来ない」

「何故？」

Kさんは幾らか真面目な顔になると、僕の顔を見ながらいつた。

「僕はもう、過去の人間だ」

僕は簡単にその意味を理解出来なかつた。その日、Kさんはそれ以上何もいはなかつた。

僕はKさんのアトリエの棚の象牙らしい象の彫刻を気にかけてゐた。

「若いつていふのはいいことですね。僕は前よくバスでX大学の近くを通つたことがありました。その予科生が三人、あるいは五人とつれ立つて愉快さうに笑ひ話しながら通る。窓から見ながら、僕はいつも愉しかつた。いいなあ、と思つたりしたことがある」

Kさんの声は低かつた。が、僕はそこにKさんの青春への、健康への憧憬を見出した。

その女……H夫人、といふのは彼女はかつてHなる人物の夫人であつた。が、現在は別れてゐた……はその後、ときどきKさんのところにやつて来た。その裡に、僕もその夫人と一緒に話しあつたりするやうになつた。

が、H夫人についてKさんから、極めて簡易な説明をきいたのは防空壕のなかでである。

ある日、昼頃、サイレンが鳴つた。

「鳴つたな」

「いやだ、いやだ」

食事を終りかけてゐた僕は、Aさんの妻君とちよつと言葉を交すと家に戻つた。玄関で靴をはきかけてゐると、突然、頭上に何か激しく風を切つて行くらしいヒユルヒユルといふ音がした。僕は腰かけて靴の紐を手にもつたまま、待つた。途端に頭上でドンドカンドカン、と屋根を激しく打つやうな音がする。これは高射砲。僕は靴をはき終ると壕にいつた。

這入る前に立つて空を見たが、何も判らない。そこへまたゴオといふ音がしたので、壕に這入つた。入口から遠い空を見ると、小さな白い煙が丸く、ポツポツと浮いてゐる。花火に似てゐた。僕は喪つた日を思ひ出した。祭日。晴天。運動会。ポンと白い煙が浮く。と、そこから人形が落ちてくる。ピストルの音がする。白いシヤツの選手たちが走る。万国旗が風にゆれ、楽隊は天国と地獄を演奏する。天国と地獄。天然の美。サアカス。僕はある冬の午後、銀座の四辻に近いサアカス小屋の裏で、洗濯してゐた断髪の女を見たことがある。傍には痩せた男の子が一人、ポカンと立つてゐる。そこには舞台と生活の奇妙に混合した香が、嗅がれた。……

突然、壕の入口にKさんが立つた。

「もう、大丈夫らしいな」

「さうですか」

Kさんは、身を屈めるとなかに這入つて来た。僕と並んで板の上に腰を降した。

「今日はちよつと驚いたですね」

「ええ」

「うつかりすると、いつやられるか判らない」

Kさんは煙草を出すと火をつけた。僕は、意外に思つた。Kさんは喫まなかつた筈である。

「描きかけてゐたら、いきなり変な音がしたんで、びつくりした」

「絵を描き出されたんですか?」

「え? ああ、さうです、ちよつと」

「何ですか?」

「人物です。ほら、あの女ね……」

ゴオ、と風を切る音がした。

「ふん、まだやつてるな。……かうやつてみると、土が何だか身近な気がしますね。手で弄んだり、寝そべつても平気なやうな」

今から何年か、七八年も前に、Kさんは H夫人……そのころはまだH夫人ではない……に求愛し、結婚を申込んだ。尤も、それには多少なりともそんな申込みをKさんにさせるだけの理由が、雰囲気があつたものと考へて良い。ところが予期に反して、彼女は承諾しなかつた。のみならず、それから数ケ月後に、Hなる男のところに嫁してしまつた。H、といふのはある画家のパトロンをやつてゐた男である。

「それが、独身の理由ですか?」

「いや」Kさんは苦笑した。「僕はそんな男ぢやない。が、結婚を申込む気になつたのは、事実、あの女ひとりです」

Hに嫁いでからも、顔を合はせることがないことはない。が今度は至極平凡な関係になつた。Hと別れてゐる、ときいてから、彼女と会ふことはなくなつた。ひとつには、戦争のためKさんが引込もつて出なくなつたのも理由である。

「何故、急にやつて来たんだらう」

「うん、次の駅にね、親戚があるんださうです。今度、そこへ引越してくるやうな話だつた」

やがて僕たちは外へ出た。五六町先に、大きな飛行機工場のカムフラアジュを施した高い煙突が見えた。常緑樹を除いて、樹立はいづれも葉を落としつくしてゐた。日が、早く昏れた。その日工場はひどくやられた。

サイレンは良く鳴る。一歩前に、サイレンの音をおいて生活する。眼前の一瞬が、次第に重量を加へはじめる。季節はもう冬であつた。ある雨の夜、サイレンが鳴つた。僕は多少の好奇心も手伝つて壕に這入つた。暗く、寒かつた。僕はパイプに火をつけて、雨の音をきいた。遠く、どこかで重苦しい地響がつづいた。僕は、パイプをふかしながら、短い僕の生涯を考へた。それから、別れた女のことや、Kさんのことや、またH夫人のことを。殊に、二三日前、僕がいくと、Kさんは皮が切れ綿が覗いてゐるアアムチエアに黙つてもたれ、H夫人は、窓辺に立つて焦焦したやうな感情を眉のあひだにひらめかせてゐた、そのときのことを。さういふH夫人の顔も、僕にはひどく美しく見えた。同時にKさんの、あをい顔が痛痛しかつた。片隅には描きかけのH夫人の像が立てかけてあつた。……

すると、僕は雨の音に交つて足音をきいた。足音は近づくと僕の家の玄関に向かつてゐるらしかつた。

「御免なさい」

僕は瞬間、立ち上らうとして躊躇した。女の声である。第一に僕の脳裏に仄めいたのは帰つて来た、といふことであるが、そんな筈はなかつた。僕は外へ出た。黒い人影が僕の方を向く気配がした。

「Tさん?」

「ええ、僕です」

僕は、何か危険な予感を感じた。H夫人の声であつた。玄関を開きながら、僕はかすかな香料の香を嗅いだ。

「とめて頂戴、今晩」

電燈は消してある。むろん、顔も見えない。

僕には何も判らなかつた。僕はなかに這入りながらからういつた。

「でも、Kさんの……」

「ううん、大丈夫。ぢや、いいのね?」

僕は承知した憶えはない。が、H夫人は、もう茶の間に坐つて、煙草を喫むためにマッチをすつた。ひどく明かるかつた。雨に濡れ上気した夫人の顔がはつきりと浮かび、黒い大きな影が壁にゆらめいた。それは忽ち元の闇に戻つた。僕は電燈に黒布をかけて、灯を点じた。

……その夜、僕は美しい夫人の情慾のとりこになつた。が、全く僕自身、さつぱりわけが判らなかつた。否、多少の推理を試みるならば、多少の理由を見出すことは出来る筈である。また僕自身、試みぬこともなかつた。が、その夜は……僕は何も判らなかつた。一瞬に生きる、ことしか僕の念頭になかつた。夫人の念頭にあるイメイヂが、僕のものでないとしたところで……そんなことは意に介するところではなかつた。

僕は床屋の椅子に坐つてかういつた。

「このあひだやつて貰つたとき、はじめて空襲があつたな。今日また、あるかもしれない」

親爺はにこりともせず応じた。

「今日あつちや、こなひだみたいに暢気にしちやゐられませんぜ」

僕のあとから一人男が来てベンチに坐つた。が、いつまでたつても床屋の妻君が出てくる様子がない。訊くと、田舎へ疎開させた、といつた。僕は、黒い鶏を思ひ出した。たつた一月経たばかりである。が、一年も二年もたつた気がしないでもなかつた。

終つて外へ出たとき、死ぬ用意が出来た、そんな大げさな気がした。街は汚れて殺風景であつた。僕は途中で、きれいな健康さうな娘と行き交つた。娘は僕の顔を見てゐた。僕は無関心を粧つた。しかし、僕もその娘を憶えてゐた。数年前、彼女はちつぽけな女学生で、大きな手提カバンをもつて電車にのつてゐるのを、よく見かけたことがあつた。娘はもうすつかり大人になつてゐた。彼女の靴の片方が少しほころびてゐるのが僕の眼についた。そのため僕の心が少し痛んだ。僕はひどく人なつかしい気持になつて帰つて来た。

家に這入る手前で、僕はKさんにあつた。僕は三日、Kさんに会はなかつた。H夫人のことを僕はKさんに話すべきか話さずにおくべきか迷つてゐた。むろん、Kさんは夫人が僕のところに一泊したのを知つてゐる筈であつた。

「やあ」

Kさんは微笑した。日頃に変らない微笑である。僕はKさんが何にも知らないのではないか、とすら思つた。

「床屋ですか、さうさう、僕も行くかな」

「今日は危いですよ」

「さう？」

Kさんは短い半外套を着込んでゐた。陽溜りの霜柱がきらめき崩れて行く。陽蔭の霜柱は、土にまみれたまま、立つてゐた。それは、妙に心をひく眺めであつた。何かそこに、静かな別の世界がひつそり眠つてゐるやうに思へた。僕は昼食をとるため、すぐKさんと別れた。別れ際にKさんはかういつた。

「ちよつと、見えませんでしたね」

「ええ」

Kさんは黙つて僕の顔を見た。瞬間、僕はKさんの顔に、珍らしく焦立たしいやうな表情が現はれるのに気がついた。

「来なくちやいけませんね」

Ｋさんはかすかに笑つてさういつた。焦立たしさに混つた笑ひは、Ｋさんの顔に一種自棄に近い表情を与へた。

食後、僕は縁の椅子に坐つて、硝子戸ごしに冬の陽差しを浴びた。陽差しは温かく、冬枯の風景は淋しかつた。僕は垣根ごし、葉を落した雑木林とか、自転車の男が行く、小高い路とかを眺めた。眺めながら、Ｋさんの表情を考へた。僕にはＫさんの気持、また夫人の気持がまだ良く判らなかつた。僕の想像によると、夫人はかつて拒否した結婚相手に、久久にあつて愛情を覚えはじめる、が、相手のＫさんはその愛情を受とるべきかどうか迷つてゐる、内心は、かつて唯一度の申込みをした女性にひかれながらも、といふことになる筈であつた。が、むろん僕自身も、この想像に何ら価値を認めなかつた。

と、突然サイレンが鳴つた。それは僕の予期してゐたものであつた。それ故、却つて僕は幾らか不安になつた。僕は多少芝居めいた気持もあつて、書棚の前に行くと僕の外套のポケツトに這入る文庫本を、眼をつむつて引抜いた。幽霊曲。僕はやり返さうかと思つた。が、僕の知らぬものの意志に従ふことにした。僕は文庫本をポケツトに落すと、靴をはいて壕にいつた。

雲ひとつない碧空が頭上にある。僕は壕の入口に立つて碧空を見つめた。やがて、喧ましい高射砲の音が遠く、次第に近く響いて来た。同時に、僕は頭上遙か、七つの機影を見出した。白く銀色に輝く七つの機影を。機影は空一杯、澄んだゴオンゴオンといふ音を響かせてゐる。空は碧く、その碧に浮いた白い機影は碧の裏側の、僕の見ることの出来ない涯しない世界の色を覗かせてゐるやうに思へた。七つの、飛行機を形どつた窓が、碧空に切り開かれた、と思へた。僕は幾らか酔つたやうに見入つた。僕は、始めて碧空を理解した気がした。その碧さを、広さを、深さを……そして涯しない虚無の世界を。

が、……そのときはもう、次の九機が、十数機が、また数機が、と僕の頭上に姿を現はしてゐた。そして壕に這入つて空を見つめてゐる僕の耳には、間断なく高射砲の音が、列車の轟音に似た爆弾の落下音が、這入つて来た。次次と、ゴオオ、といふ音が激しく掠めるたびに、僕は僕の予測出来ない、しかし起る可能性のある、一瞬間、一結末、を待つた。それは怖ろしい期待であつた。にも拘らず、一瞬間が消滅する、といふことを考へるのは非常に不思議な気のするものであつた。

が、次に現はれた編隊は、僕に碧空のことを考へさせるより、恐怖を覚えしめた。白い銀色の機影が、見上げた僕の眼にゴチヤゴチヤと映つた。僕は数へ出した。十八九まで数へたとき、急に左翼の数機が身をくねらせた。それは何か獲物を狙ふ鷹の動作に似たものであつた。瞬間、僕は何ものかを直感した。僕は壕のなかに潜ると、息をひそめた。

僕は、ゴオオ、といふ音がひきも切らずつづくのをきいた。地は絶間なく揺れ、突然、地が上下に振動すると風が僕の頬を打つた。硝子の割れ落ちる音が、あちこちでチヤランチヤラン、と甲高くきこえた。このあひだ、僕は全神経を、ある一瞬に集中してゐた。ポツリと浮いた一点がフッと消える瞬間……僕の生と死を簡単に二分するある一瞬、それを捉へたいといふ莫迦気た、奇妙な慾求に僕は全神経を集中した。

壕から出たとき、僕は疲労してゐるのに気がついた。消防自動車のサイレンが喧ましく鳴りつづけた。工場の高い煙突はあつた。がその辺一体に黒煙が立ち上つてゐた。路を、逃げた人人が歩いてゐる。僕はKさんを思ひ出して行つてみることにした。

Kさんは庭に立つてゐた。

「危かつた。危かつた」

Kさんは微笑した。アトリエの大きな硝子が殆んど落ちてゐた。

「角のSさんの家の前に落ちたのが、一番近いらしいな。婆やが見て来たんですよ、いつて見ようか」

そこは僕の家から百米ばかりはなれた場所であつた。僕たちは路上一面の亀裂と、大きな蟻地獄に似た直径五米ばかりの穴を眺めた。人が集まつてゐる。Sさんの家は戸が殆んどなくなつてゐた。帰途、Kさんはいつた。

「H夫人は、君のところに来ましたか？」

この唐突な問に僕は面喰つた。

「いつ？」

「いや、その後、つていふ意味だが……」

「いいえ」

「……しかし、今日の編隊はきれいだつた。僕は今日、死ぬかもしれないと思ひましたよ。多少、願はないこともなかつた」

僕はKさんの顔を見た。が、特に、僕にいつたといふ気配はなかつた。僕はそれからさそはれるまま、Kさんの家に上つた。アトリエではなく、茶の間であつた。戸外は次第に暗くなつた。が、灯はつけなかつた。僕たちは戦争の話を少しした。日頃、二人とも戦争の話はしなかつたのであるが。Kさんはときどき咳こんだ。

「画の方は?」

「一頓坐といふところだけど、また描き出しますよ。今日の碧空と飛行機を見たら何だか、描き度くなつた」

日が昏れた。婆さんが蠟燭に火を点けてもつて来た。僕は立上らうとした。すると玄関に人声がした。這入つて来たのはH夫人である。僕はちよつと機会を失つた形で、中途半端な気持になつた。Kさんの前でH夫人を見たくない。が、H夫人は軽く僕に会釈したにすぎなかつた。

「危かつたんぢやない?」

「うん、今日は死ぬかと思つた」

「画は?」

「モデルが休んぢや仕事にならないぜ」

僕は立上つた。むろん、誰も引とめなかつた。星空。僕は孤独を覚えた。僕はFの家を見にいつた。工場に近いところにある。四辻には提灯をもつた男が三人、五人と塊まつてゐた。穴のあいた四囲には柵がめぐらされ、赤い標識燈がついてゐた。僕は暗い道を歩いた。Ｆはゐなかつた。彼は若い農夫で、僕の友人であつた。防空壕を掘つてくれたのもＦである。Ｆの妻君は僕を見ると、半分泣声で説明した。道ひとつへだてた家に爆弾が落ち、一家全滅したといふ。

「……いいひとたちだつたのに。今朝も、うちに来てお茶なんかのんでいつたんですよ、それなのに……」

「Ｆは？」

「ええ、それで手伝ひに。さうさう、里芋のむしたのでも召上つてらつしやいよ」

暗い室内に小さな蠟燭のほのほが瞬き、Ｆの三つになる子供が手を振つて遊んでゐる。僕は里芋を二つ食べると別れた。僕は悲しかつた。僕は戦争を憎悪する。

僕は、早く寝てしまつた。Ｈ夫人が現はれるかもしれぬ、といふかすかな期待がないこともなかつた。が、夫人は僕の夢にすら現はれなかつた。夫人はその夜、まもなく帰つたのである。尤もこれはあとでＫさんがいつたことである。

Ｋさんは、大分痩せて、顔色も前より悪くなつた。それに反して、画の方はかなり進捗した。アトリエは夜になると板をうちつけた戸を立てる。が、昼間は戸がない。Ｈ夫人は寒いアトリエでポオズを作る。ある日、僕が行くと、Ｋさんはゐなかつた。Ｈ夫人が茶の間に坐つてゐた。Ｋさんは散歩に出たところであつた。

「画を見ていいですか？」

「いいでせう」

アトリエに行くと、僕は画を見た。僕は早いのに驚いた。画に身を入れ出してから、僕は邪魔にならぬやうにといふ気持もあつて……同時に、ＫさんとＨ夫人を眼前に見ることは僕の好まないところであつた……一週ばかり来なかつた。その間に、画は殆んど完成しかかつてゐた。夫人が椅子に坐つてゐる胸から上だけの平凡な……と僕には思はれた……構図であつた。が、その夫人は美しかつた。その美しさには、何か人を夢想的にするところがあつた。そして画全体には、見えない情熱が溢れてゐるやうに思はれた。その情熱は、僕の見たところでは作者の、モデルに対する。僕は衰へた肉体をもつＫさんを想ひ出した。また、日頃寂しい感情を現はさないＫさんを。

僕はアトリエの椅子に坐ると烟草をのみ出した。烟草は勤務先の友人がくれたものであつた。

「仕事？　仕事はひまさ。表面忙しい振りをしなくちやならんがね。しかし、来年から出られるかい？　こりや上役に頼まれたんだが」

「うん」

「畜生」友人はいつた。「ひとつどえらい星でも衝突しないかね。人間なんて莫迦野郎だから、西半球で衝突するとか、東半球で衝突するとか判つたら、慌てて他の半球へ大移動をやらかすかもしれないぜ。刻一刻と近づく、そいつを報道すると面白いね。そのときの人間の心理や行動を考へると……」

「そいつは面白さうだね」

「しかし、ともかく、何れ万事終るよ。いつ終るか、の問題さ。僕たちは金魚の糞だね、どうも、面白くないが。金魚の動くままにつながつて行列さ」

……僕は烟草をのみながら、友人のいつた来年を想ひ出した。僕の脳裏に来年はない。一日一日がすべてである。事もなげに来年といひ放つ友人に僕は感心した。僕の脳裏を白い機影が掠める。

突然、耳近く僕は声をきいた。

「今夜、伺つてよ」

僕は立上つた。H夫人は軽い笑ひを浮かべてゐた。玄関に声がする。Kさんが這入つて来た。Kさんは黙つて点頭くと画を見て、それから僕を見た。僕の耳はまだ、夫人の言葉をくりかへしきいてゐる。

「どうです？」

僕は何もいはなかつた。むろん、Kさんも僕の評など問題外らしかつた。

「始めようか？」

Kさんは絵具に汚れた上張りに手を通した。僕はそのKさんに、注目した。Kさんは衰へてゐる。が、尠くともそこにはいままで僕の知らない、歓びに近い表情をもつたKさんがあつた。僕は間接に、あをざめた馬、といふ言葉を、想ひ出した。……視よ青ざめた馬あり。之に乗るものの名を死といひ陰府《よみ》これに従ふ。

僕はKさんの家を出た。晴れた日で、僕は縁に坐つて、気になつてゐることに焦点を与へようとした。それは、多少Kさんに関係のないことでもなかつた。

……ある男がある。ある美しく晴れ上つた、碧空に見た白い機影が忘れられない。碧空を切りぬいてその奥の無限の世界を覗かせるやうな、白い機影が脳裏をさらない。それはその男の生命を奪ふかもしれない機影である。その機影は時によつて次第に幻想化されて行く。機影を想ふとき、彼は生と死を二分する一瞬に対し、怖ろしい期待と、同時に生命を賭した快楽を覚える。

それから……しかし僕の空想はいつもここで停止する。Kさんが画に打込み出したのは、むろん、別の理由があるかもしれない。が、Kさんを画に向かはしめたひとつの理由は、あの白い機影に相違ない。僕はさう考へる。僕の空想する人物と、別の気持で機影を見たとしても。

夜、窓を開く。裏の原一面に淡く霧がかかつてゐた。星がにぢんでゐる。僕は黒い森の外れにともつた、濡れた灯影を見つめた。旅愁が僕を捉へた。僕は過ぎ去つた日の夏を想ひ出した。山の湖の一夏を。よく霧がかかつて粗末なホテルの露台の白けやきの手すりが濡れる。白けやきの椅子に坐つてぼんやりしてゐると、下で誰かがギタアを鳴らす。するとエルンストが露台の下で僕をよぶ。一杯のまうぜ。僕とエルンストは山の上の安つぽい食堂の裏手にまはると大いにビイルをのむ。ポオシヤはどうしたい？　エルンストはあわてて僕の肩を突く。僕は突かれながら、いふ。ポオシヤのために乾盃しよう。エルンストは赤くなる。彼は幾つだつたらうか？　十八歳。その山の外国人の随一の美男子だ、と僕が折紙をつけた。翌年会つたときは山羊髭を生やしてニヤニヤしてゐた。ところでエルンストはどうしたらう？戦争の始まる前神戸で捕つたスパイのなかに彼の親爺らしい名があつた。ポオシヤは？　上海から来た金髪のポオシヤは？

静かに、戸があいた。僕は窓をしめると玄関にいつた。H夫人は疲れた顔をしてゐた。夫人は坐ると僕の顔を見つめていつた。

「あのひと、死ぬわね」

「そんなことは……」

僕は嘘をついた。僕の、空想の人物は死なねばならない。おそらく、Kさんも死ぬだらう。

「急に衰へましたね」

夫人は何もいはなかつた。が、ちよつと経つて独言のやうにいつた。

「さうね。抱く力もない……」

僕はその言葉を鋭くきいた。どうやら、僕の役割もややはつきりして来たやうに思へた。が、それが何だといふのであらうか。重い荷車の軋る音がきこえた。荷車は連日のやうに通つた。牛か馬がひき、ついてゐる男は首をすくめて、提灯を下げてゐる。僕は夫人の美しい顔を見ながら、幾らか夫人を憎む心があるのに気づいた。

サイレンが鳴ると、あちこちからもくもくと茶褐色の濃い烟が立ち上つた。煙幕を張るのである。僕は再び、白い機影を見た。が、頭上には来ない。見てゐると、ひどくちつぽけな日本機が敵編隊にスゥと一線をひいて近寄つて行く。と、急に烟を吐き落下した。立直つた、と見えた瞬間、碧空に美しいほのほが燦めいた。白から黄へ、黄から紅へ、ほのほは一瞬の間に変化する。同時に飛行機は燃えつつ落ちていつた。僕はひどく感動した。それは非常に、美しくもまた果敢なかつた。

ある詩人は人生を花火に譬へる。が、その一機は花火自体であつた。もはやメタフォの世界ではない。僕はそのパイロットを考へた。彼は、未だ若い男に相違なかつた。僕はまた彼の愛したあるいは彼を愛した人人をも考へた。僕はまだ、碧空を見てゐた。碧空は、虚無のひろがりにすぎなかつた。煙幕にむせて僕は咳が出た。僕は家に戻ると寝床に這入つた。逃げた連中が戻つて行くらしく喧ましい話声がつづいた。

「おやおや、死んだ」

「いや、怪我人さ」

そんな声がした。トラックの走る音がする。

「見たかい、おい、死人をつんでつたぜ」

僕はその声の主を憎んだ。その男はたしか蓄膿症を患つたことがある筈であつた。……ああ、いつになつたらこんな生活が終るのだらう。僕は激しい空虚を覚えた。それから、いつのまにか僕は眠りにおちた。夢。僕はTにあつた。暗い書店のなかはセピア色であつた。Tは一心に本の背文字を見て歩いてゐた。僕は彼の肩を叩いた。

「いつ、かへつたんだい。南方から」

Tは黙つて首を振ると本の背文字を追つてゐる。

「何を探してゐるんだい？」

「暗い旅路さ」

「誰が書いたんだい？」

「え？　もう黄昏どきだね」

眼がさめたのは五時すぎであつた。暗い旅路、DARK JOURNEY。そんな名前の小説があつたことを覚えてゐた。昔見たイギリス映画にもDARK JOURNEYといふタイトルのがあつた。多分、同じものかもしれない。が、それが何故夢に出て来たのか、判らなかつた。ある不吉な予感が僕の胸を掠めた。僕はTから、もう一年以上も便りのないのを想ひ出した。あ

Kさんがやつて来た。もう二三日で、今年も終らうとしてゐる。Kさんは僕に向きあつて、こたつに這入つた。灯をつけようとするとKさんはまだいい、といつた。が、もうお互ひの顔も見えぬほどであつた。消防自動車のサイレンが鳴りつづけた。

「僕は知つてます」

Kさんは、さういつた。それはKさんらしくないちよつと芝居がかつた言葉に思はれる。暗く、僕はKさんの表情をよみとるわけにはいかなかつた。が、Kさんは別に誇張してゐるらしくもなかつた。

「……知つてますよ。しかし、といつて何だらう。僕には何の権利もない……」

僕は黙つてゐた。

「夫人は君が好きなのだらうか？」

「いや、そんな筈はありません」

僕はいつた。Kさんの低い笑声がきこえた。それは妙に淋しい気のするものであつた。

「君は？　君は好きですか？」

僕は暗い戸外に眼を向けた。遠い樹立が黒黒と見えるばかりである。

「いや」

僕はいつた。僕の脳裏には白い機影が浮かんだ。同時に昼間見た、美しい花火を想ひ出した。白い機影は予測出来ない一瞬、一瞬を僕の前にひらめかせる。その一瞬を考へることなしに夫人を考へることは出来ない。

「僕は君を憎みます」突然Kさんはいつた。「君を……さうだ、君の若さと健康を」

Kさんに較べると僕の方が、まだ遙かに健康なのにちがひなかつた。僕は不思議なほど腹が立たなかつた。却つて、Kさんはまもなく死ぬかもしれない、と考へた。それは偶然かもしれなかつた、あるいは偶然ではないかもしれなかつた。Kさんは他人事のやうにいつた。

「僕には判つてゐる。もう長くは生きられないつていふことが。画は殆んど完成したし……簡単にいふと僕はこの画のために自分で死期を早めたやうなもんだ。滑稽だと、思ひますか？　死期……しかしそんなものは……」

Kさんは激しく咳込むとあわててハンカチをとり出して口にもつていつた。

「……死期……しかし、あの碧空に白い編隊を見てから僕は死期といつたものを考へなくなつた。あるいは君の話した、白き機影とかいふ奴にとりつかれたのかもしれない。僕は現在の自分の生命を生きることしか考へなくなつた。同時に僕は激しい空虚を覚えた。そこを埋めるものが、H夫人だ。僕は宙ブラリンの気持にピリオッドを打つ。しかし、君判るだらう、僕はすでに抱擁する力すら失つてゐるんだ。……僕には判るんだ、夫人が君のところにやつてくるのが。だから僕は君を憎む。しかしだね」

Kさんはちよつと口をつむんだ。何かポケットを探るらしい恰好をするといつた。

「烟草ありますかね？」

「のまん方がいいんでせう？」

「どういふつもりなんです？　まあ、そんな云ひ方はいまはやめとかう。イポクリットの香がするからな」

「僕は咳込むのを見るのがいやなんだ」

「成程。こりや失礼。が、まあ一本下さい。冬になると、神経が焦立つていけないんだ。殊に北風が強い夜なぞ、妙に昂奮するんです」

Kさんは煙草に火をつけた。ほのほはたちまち消えてしまつたが、僕はKさんの唇が紅いのを認めた。案の定Kさんは咳込んだ。咳がしづまるとKさんはいつた。

「……僕は画を描いた。画を通して僕は夫人を愛撫した。残る隈なく引出さうとした。いや、引出したと信じてます。夫人のところに残るのは形骸にすぎない。が、同時に僕の乏しい生命の火も消えかかつて来た……」

僕はひどく不愉快であつた。

「だから？」僕はいつた。「もう結構です。形骸だらうとなからうと、僕の知つたこつちやありません」

Kさんは立ち上つた。よろめくやうに玄関へと、歩いて行く。僕は暗い灯をともした。K

さんの後姿を見ながら、僕は妙に淋しかつた。玄関でKさんは僕を振返つた。例の静かな微笑を浮かべながら。

「どうも失敬。少し妙でしたね。こんな話をするつもりで来たんぢやなかつたが……まあいい、忘れて下さい」

僕はKさんの足音をきいてゐた。足音は遠のく。Kさんの咳する声が寒ざむとした夜の闇を通してきこえた。

ある夜僕は名前をよばれて立ち上つた。玄関にKさんのところのばあさんがゐた。僕はすぐ理解した。隣りのAさんのところのラヂオから美しき碧きドナウのメロディが流れてゐた。僕はばあさんと一緒に歩いていつた。探照燈の青白い光芒が数条、夜空に伸びて動いてゐる。それはいかにも柔らかくふはりとした感じであつた。外はひどく寒かつた。そのころよくインクが凍つてザクザクしてゐることがあつた。そのころ……それはもう翌年の一月も終りのころである。僕は勤め出してゐた。ひどく疲れるので、Kさんのところに行くことも多くはなかつた。が、却つてH夫人は、僕のところによく現はれた。僕のところに泊まつて次の日またKさんの家に行く、といふ奇妙なこともやつた。Kさんは床についたままであつた。が、医者も薬もうけつけなかつた。否、うけつけたとしても何ら施す術はなかつたに相違ない。這入つて行くと、H夫人がKさんの傍に坐つてゐた。他に僕の知らない、男が三四人ゐた。僕は勝手が狂つた。H夫人が僕を招いた。僕は死者の顔を見たくなかつた。が、男たちの不快な視線が注がれるのを意識するとKさんの、傍にいつた。布を夫人がとる。僕は一瞥すると黙礼した。僕は見たくなかつた……そこには憔悴しきつたみじめな形骸があつた。

男たちは急激に激しくなつた空襲の話をしてゐた。その裡の一人、首に吹出物のある四十近い男は話しながら明らかに夫人への反応を計算してゐた。食糧を巧妙にかつ豊富に入手できるルウト。逃げるならいまのうちだ、何？　行先がない？　おれに任せろ。相手は三十四五の坊主頭のおとなしさうな男である。

僕は誰ともなく、一礼すると立上つた。夫人が玄関まで来た。

「帰るの？」

「ええ」

夫人は美しかつた。而も夫人の顔には明らかに激しい情慾が現はれてゐた。これは僕に全く意外なことであつた。いまみじめな死顔を見た僕は、この激しい対照に冷静でゐられなかつた。夫人は抱擁を待つやうに身を動かした。……いけない。僕は低い声でいふと外へ出た。歩きながら僕は例の四十男を考へた。考へながら僕は気がついた。何故気にかけるのだらう。

Kさんの死骸は二日後、Kさんの友人や親戚とかがリヤカアにのせて墓地へ運んだ。僕はいかなかつた。僕はばあさん一人ゐるKさんの家にいつて、アトリエに這入つた。夫人の像は壁に向けて立てかけてあつた。僕は表を出すとアトリエの板を練つた戸を一枚外した。光線と共に冷やかな風が吹き込んで来た。風は、さむざむとした原を渡つて来る。原には昨夜降つた雪の名残りがあつた。シベリヤ。僕は想ひだした。あれは秋も終り近いころだつた、が、いまは冬だ、やがて春が来るだらう。僕は立つたまま、画を眺めた。H夫人を……しかし、僕は至るところにKさんを見出した。衰へた生命のほのほをかき立ててゐるKさんを。H夫人は僕を見つめてゐる。僕は振返つた。むろん、Kさんはゐなかつた。

「寒い風が入りますのに」

ばあさんが覗いていつた。

「ばあやさんはどうするの?」

「へえ、弟の家へでも参りますよ、田舎でしてね。……しかし、何ぼ何でも仏様をリヤカアでね」

ある休日、夫人が来た。晴れてゐたが寒気のきびしい日である。

「今日はお別れに来たのよ」

夫人はさういつて微笑した。僕は突然、動揺した。にも拘らず、そのことを前から知つてゐた気がした。Kさんが死んでから、僕はKさんのいつた形骸でない夫人を考へ出してゐた。望みはじめてゐた。しかし、そんなことは僕の役割ぢやない。僕は内心泣いた……さうだ、かうなる筈のものだつた。

「どつかへ行くんですか？」

「ええ、大町へ。Hがゐるのよ、御存知ぢやなくて？　あたしの……」

「ああ」

白い機影、を考へる僕の脳裏には常にH夫人があつた。Kさんもその一人であつた。が、もう再び夫人は戻つて来ないだらう。夫人はおそらく今、一瞬先、否、未来を考へ得る幸福な仲間である。おそらく夫人はひととき、愚な幻想に巻きこまれたにちがひあるまい。

「画はどうなりました」

「Hが買ひました、尤もあたしが買はせたんだけど」

僕はH――見たこともないHなる人物に、ちよつと同情した。

「あたし、今日はおわびのつもりもあつて来たのよ」

「おわび?」

夫人はますます僕から遠のいて行く。僕は窓から原を見た。暮近い陽差しが落ちてゐる。碧空。しかし僕にはいくらか色づいた雲が流れてゐる。僕は内心の空虚が拡がるのを押へつける。

「でも……」夫人はいつた。「貴方のことは忘れませんわ、あたしを愛して下さつたから」

ちがふ。僕はいはうとして黙つた。同時に、妙なことに僕は夫人の激しい愛情を覚えた。

「多分、このままでゐるとあたしも。……御免なさい、あたしの脳裏にはいつもあのひとがゐて、離れなかつたものだから。もう、あたしの生活はおしまひになつた、これからいくら生きてもそれは余計なつけ足りだ、そんな気がするの」

僕は何もいはなかつた。僕は自分の愚かな役割を知つてゐる。が、僕は後悔しない。多分、夫人はたちまちすべてを忘れるだらう、Kさんのことも。

夕暮である。夫人は立上つた。僕は玄関にいつた。夫人の美しい顔が振向いた。僕たちはまるでそれが義務のやうに抱擁した。

「ええ。またいつか、生きてゐたら」

が、内心僕は夫人に呼びかけた。……ぢや、さよなら、多分永遠に。

僕は遠ざかる夫人の足音に耳をすました。一歩一歩、足音は遠のき、僕の心が虚ろになつて行く黄昏。旅への誘ひ、といふ詩を想ひ出した。爆音がきこえる。もう、飛行機は赤と緑の灯を点してゐるだらうか。暮れ行く大空を唯一機とんで行くとき、パイロットは激しい孤独を感じないものだらうか。僕はそんなことを考へて立つてゐた。内心、再び夫人の足音が引返してくるかもしれない、と耳をすましながら。

しかし……むろん、二度と夫人の足音はきこえなかつた。

秋のゐる広場

彼は話し出した。

多分、ドルドラの「想ひ出」といふ曲を御存知だと思ひます。実は最近まで、私はよく知りませんでした。最近、友人の家にいつたのですが、ゐる筈の友人がちよつと出てゐて留守だといふわけなんです。退屈しのぎに、レコオドをかけてみました。すると、なかにひとつ、ひどく私の心にしみこむ曲がありました。終ると、私はそのレコオドのラベルを改めて調べました。それが、ドルドラの「想ひ出」だつたといふわけです。

おまけに、そのレコオドについてゐる紙片には、ドルドラがシユウベルトの墓地とか、墓地近くとかを通つたとき、シユウベルトを想ひ出して作曲したものである、といふやうな説明が書いてありました。そんなことも多分御存知でせう？　また、のちに帰つて来た友人に訊くと、かなり通俗な曲だとかいつてゐました。しかし、そんなことは問題ぢや、ありません。私はいま、心にひどくしみ込む曲と、いひました。私はその友人の応接間できくまで、その曲の作者も、曲名も知りませんでした。しかし、その曲を前にきいたことはあつたのです。ただ、きいたといふより、私にとつてむしろなつかしい曲だつた、といつた方がいい。その話をしませう。

倦怠、とか、ものうい、といつた言葉を覚えてゐられますか？　いや、言葉といふより言葉の背後にかくれたある雰囲気を。倦怠をアンニュイと呼んだりして、殊更歓んだときを。部屋にゐるときは、灰皿の烟草の吸殻がうづ高くなる。それをピラミッド型につみあげてみたりする。うつかりすると、一日でも、椅子に凭れてぼんやりしてゐる。——いや、そんなことよりも、むしろそんな言葉自体に魅力を覚えたときがありました。それは、私がまだ、大学の予科生のときでした。さうです。それはいま考へると、およそ莫迦気たことのやうに思へます。

もしいま、大学予科生があつて、私の身辺で、かつて私の送つたやうな無気力な、だらしのない生活をしてゐたら、私はおそらく不快に堪へられぬでせう。何故だらう。多分、自分のカリカチアを見せられる気がするためでせう。いや、案外、自分だけは特別であつた、といつたやうな身勝手な口実が用意されてゐるのかもしれません。いや、実際、私はいま、莫迦気たことのやうに思へる、といひましたが、それは所謂勿体振つた世間的ないひ方であつて、内心では、少少、そのころをなつかしく思はぬこともありません。これはつまり、現在、私がだんだん、といふよりますます莫迦になりつつある証明かもしれません。

ちやうど、そのころでした。私は郊外電車で通学してゐましたが、車窓から、ある風景にひきつけられました。それは、線路のすぐ近くに崖のあるところでした。崖の上には、二三軒の家しか見えず、あとは樹立が、その梢が眼に這入るばかりでした。崖には一面に雑草が生ひ茂り、秋にはすすきの穂も見られました。が、私がひきつけられたのは、その崖の上の路でした。ときどき、その路を男か女が歩いてゐて、電車が通ると立ちどまつて見降しました。なかには、電車の窓から崖上を見上げてゐるものがある、と知つてゐるらしく、ちよつと気取つた表情を浮かべながら。どういふものか、私には、その崖上に立つて見降してゐる人間が、妙に物語めいて考へられました。

崖から三四分いつたところに、駅がありました。崖はその駅前のちつぽけな広場まで、次第に降つて来てゐました。駅の黒い柵にそつて次第に登つて行く路。それを辿ると崖の上に出られる。そしてある日、私はそのちつぽけな駅で途中下車したわけです。

駅前に広場のあることはいひましたが、人家は駅から一町、あるいは二町もいつた辺から始まつてゐて、駅近くには、白い喫茶店の建物が一軒あるばかりでした。その建物も、私の心をひきつけてゐたものでした。初夏のころ、その大きな硝子窓の上から、赤と白の陽除けがつき出され、家並はないのに一応恰好のついた土の道にそつて植ゑられた銀杏並木と対照して、妙に美しく見えました。

私が降りた日は、秋でした。銀杏の葉はかなり黄ばみ、白い喫茶店の前にはコスモスの花が群れ咲いてゆれてゐました。私は、幾らかエトランゼのやうな、多少の不安と、多少の好奇心の入り交つた気持で、その喫茶店の扉を開きました。なかには誰もゐませんでした。硝子が多く使つてあるので、店のなかは明かるく、また、ひどくさつぱりしたものでした。私は路にそつた椅子に坐つて、旅人のやうな気持で、ちつぽけな駅を、また駅の先方の杉林を眺めました。

すると、やがて一人の男が出て来ました。若い、白い上つぱりをつけた男で、私を見ると、やあ、すみませんでした、といひながら注文をきくとまたひつこみました。注文した珈琲が運ばれたのは、かなり経つてからでした。そのあひだ私は、烟草をふかしながら、さまざまの物想ひにふけりました。一体、何を考へたか。私は憶えてゐません。しかし、おそらく、人気のない店のなかに、ただひとりゐるといつたやうなことから、かなりいい気持になつてゐたにちがひありません。おそらく、いま考へるとあのひとときは、幸福が私の頭上に手をおいてゐたとき、といへるかもしれません。

しかし、私は長いこと物想ひにふけるわけにはいきませんでした。珈琲が運ばれ、私がすすつてゐるとき――それはかなり美味いものでしたが――電車がついて、降りた人間の裡の二人が喫茶店に這入つて来たからです。私は怠惰な学生でした。怠惰な学生の常として、教師に対してあまり親しみを覚えたことはありませんでした。むろん、進んで近づかうと思つたこともありませんでした。が、這入つて来た二人の一人が、私の学校の教授でした。小柄な、色の黒い、眼鏡をかけた人物でした。その教授はいつもステツキをもつて、ひよこひよこ歩いてゐました。謂つてみるならば、飄飄たる風情がある、といへぬこともないかもしれない。が、それよりも、なにかそのひとが身につけてゐる空気には、孤独の香が嗅がれました。

ある、新聞記者志望の友人の話によると、教授は独身でした。奥さんがあつたのか、それとも始めからないのか、その点は不明でした。その友人の言葉を信用すると、教授は、市内のアパアトに独りぐらしをしてゐる筈でした。若いころは、ヨオロッパに留学し、その当時の思ひ出話は、教授のオブシイントオクとして一種の伝説になつてゐました。私たちのころには、もう伝説でしたが、十年、いや、七八年前の学生たちにはかなり有名なもののやうでした。

私は何故か、その教授には、好奇心を伴つた好意を感じてゐました。が、そのとき、私は窓外に眼を向けて新来者に気づかぬ風を粧ひました。それから、ちよつと窺ふと、教授は幸ひにも私に背を向けて坐つてゐました。で、私は、教授のモヂヤモヂヤの髪と、その髪をくつきりと首筋で切り揃へた跡を見ることが出来ました。それは教授の、一種のお洒落だつたかもしれません。卓子の上には、黒い中折帽がのつてゐました。

教授と向きあつて坐つてゐるのは、女学生らしい、少女でした。少女は教授によく似てゐました。そのくせ、全く異つてゐました。この発見は、教授の出現、といふよりひとり座つてゐるのを愉しめなくなつて、浮き上つた私の腰を、再び椅子に落ちつかせました。私は烟草をのみながら、何気ない振りを粧つては少女を眺めました。少女はたしかに、教授に似てゐました。渋紙色の皮膚をもつた、三角形の、鼻下にあまり見事ぢやない髭を蓄へた——そしてその三角形の二等辺にはさまれた角、つまり顎が、ひつこんだ教授の顔は、画には面白いかもしれませんが、決して綺麗なものぢやない。が、少女は、綺麗でした。色も白く、快活らしい少女でした。私はその相似点がどこにあるかを見出さうとつとめました。が、それより先に、私は、教授が立上つて私を見つけることの方を心配しました。覚えてゐないかもしれない。しかしそれは、覚えてゐるかもしれない、と同様、当てにならないことです。

私は卓子の上に代金をおくと、外へ出ました。何故、こんなところに現はれたのだらうか、何故、あの少女と一緒にゐるのだらうか。あの少女は、教授の何だらう？　娘だらうか。と、とりとめない疑問を抱きながら。かういふことがあると、私たちは歓んで、友人たちの前に公開するのを好みました。どつちかといへば、無邪気といへるかもしれません。しかし、この教授の出現、はどういふものか、友人たちの前に提出して彼らの舌の餌食にする気がしませんでした。何故か、私もその理由を知りません。

私は喫茶店を出ると、線路づたひの路を、崖の上へと歩いて行きました。線路と反対側には土を高く盛つて石でふちをかためた住宅用の敷地がつづいてゐました。そして、一区画毎に、傾斜に従つて大きな階段のやうになつてゐました。敷地には、秋草が土の色も見えぬくらゐに生ひ茂り、ところどころに細い桜らしい木が立つてゐました。それは妙に間の抜けた、それ故に何か安易な親しみを感ずる風景でした。その草ばかりの敷地の遠くに、いかにも郊外らしい、赤い屋根や、緑色、青紫色の屋根をもつた家が眺められました。私はそれらのものを眺めながら、

The city's voice itself is soft like solitude's.

といふ、ナポリでシエリイの歌つた詩の一行を想ひ出したりしました。むろん、波の音もきこえず、環境はちがつてゐました。が、そのときの私には妙にしつくりと思はれる詩でした。多分、そのころ、よんだばかりだつたのでせう。

やがて、私は崖の上につきました。崖の上には、住宅がありました。車窓から見ると、二

三軒しか見えませんでしたが、来て見るとその二三軒を起点として、線路に直角に、家がつづいてゐました。それらの家並は、いづれもひつそりとしてゐました。

それは、温かい秋の午後でした。黄ばんだ葉が、想ひ出したやうに散つて行く空気のなかに、静かに、秋の陽を浴びて眠つたやうに並んでゐる住宅、そのあひだの赤土の路。といふと、莫迦に調子づいてゐるかのやうに思はれるかもしれない。事実、そのとき私はひどく夢想的になつてゐました。

私は崖のふちの草の上に、腰を降しました。すぐ下を、茶褐色の石を敷きつめた上を走る線路が四本、銀色に光つて伸びてゐました。石のところどころに、草が生えてゐました。線路の向うはちよつと高くなつて、小さな土堤のやうに見える。その上をやはり草がおほつてゐました。草が、また背の低い灌木の茂みが、あつたりしました。その土堤の向うは、凹地になつてゐました。凹地の中央を小川が流れてゐました。生ひ茂つた葦のために、小川の姿をはつきり見ることは不可能でした。いや、その凹地全体が、湿気をもつた沼地のやうに思はれました。

私はいつだつたか、その凹地で釣をしてゐる男を見たことがありますが、彼は長靴をはき、位置をかへるとき、足場を探すやうな恰好をしたのを覚えてゐます。また、崖の上から見ると、凹地のあちこちに、葦の隙間から洩れ光つてゐる水の色を眺めることが出来ました。がその日は、沼地には釣する人の影も見当りませんでした。

凹地の先は、丘になつてゐました。丘の斜面は巧みに、丘上の住宅の庭に取入れられてゐるか、あるいは、松林とか、草むらをもつたまま取残されるかしてゐました。私は坐つて、それらのものをぼんやり眺めました。丘の斜面の庭の黄ばんだ芝生に落ちた陽差しの色が、妙になつかしく思はれました。そのとき、下り電車が近づくと、私の眼下を通り過ぎました。車窓から、崖の上を見上げてゐる幾つかの眼を、私は発見しました。それは妙に、勝手の狂つた感じのするものでした。私は立ち上りました。そのとき、私はあるものを発見しました。いや発見といつても、それはある地点、ある場所に気づいたといふだけのことなのです。それは、ちやうど駅のかげになつて、車窓からは気づかないやうな、丘のふもとにある場所でした。松林の外れの、四囲に疎らな樹立や灌木の茂みをもつた草むらでした。何故、そんなところが特別眼についたか。私はその草むらを見つけた瞬間、あるものを感じました。つまりその草むらは、幸福な、愉しい恋人たちの憩ひの場所に相違ない、と思はれたのです。

理由は知りません。しかし、私はそれを確信しました。そして、もしある恋人たちがそこを見つけたら、必ず本能的に坐つてみたくなるだらう、と思ひました。いや、その草むらには、きつと、すでに何組かの恋人たちが憩つたにちがひない、と考へられました。この発見は私を歓ばせました。

私はそれから、ひつそりした住宅のあひだをブラブラ歩きました。再び崖ぷち近くまで戻つて来たとき、私の耳はピアノの音を捉へました。弾いてゐるのは、きつと初心者か、あるいは悪戯に指をおいてみるといつたひとだつたにちがひありません。単音で、あるメロディを鳴らしてゐました。が、そのピアノの音は、メロディは妙に私の心にしみ込むものでした。むろん、それには夢想がちになつてゐたそのときの私の気持の故もあるでせう。私は立ちどまると、そのメロディに耳をすましました。しばらくすると、ピアノの音がとまりました。そして、また同じ曲が鳴らされました。弾いてゐるのは誰だらう。そのときふと、私は、喫茶店で見た教授と一緒にゐた少女を想ひ出しました。むろん、そんな筈はありません。が、そんな想像はちよつと、私の気に入りました。ピアノの音のする家は、バンガロオ風の、くすんだ赤い瓦の屋根をもつた家でした。

私はやがて、駅へ戻りました。もう、教授も少女も喫茶店には見えず、散歩に来たらしい男女が二三組、坐つてゐました。また店からはレコオドを鳴らしてゐるらしく、ワルツの軽快な旋律が流れて来ました。私はさつきのピアノのメロディを想ひ出しました。とぎれとぎれでしたが、頭のなかでそのメロディを繰返すことが出来ました。むろん、そのメロディが、ドルドラの「想ひ出」だつたといふわけです。

崖の上は、また喫茶店は、私になつかしい場所として考へられるやうになりました。しかし、私はあまり訪れようとは思ひませんでした。あまり早く慣れすぎて、自分の感ずるエトランゼめいた気持を喪ふのが残念なやうな気がしたものですから。

喫茶店で会つた教授は、私たちに英作文を教へてゐました。生徒に、和文を提出させそれを一同が英訳する、といつた方法でした。が、ときに、教授自身出題することもありました。そのなかで、妙に私の印象に残つてゐる文章があります。もう、はつきりは憶えてゐませんが、何でも——バルセロナは厭な町だ。肥つた尻の大きな女のあとから、痩せたジユズイット僧侶が二三人、手をつないで歩いて行く。といつたやうなものでした。何故印象に残つてゐるのか、よく判りません。多分、教壇とちよつとちがつた感じのする文章だつたからかもしれない。あるいは、その文章と教授と、何か一脈相通ずるものがある、と思つた故かもしれません。たしか、それはある現代作家の文章の一節の筈でした。

教授は教壇に両肘をついて、ちよつと癖のある声で、怖ろしく早口に英文を読みました。誰かが、ボオドレエルの詩の一節を――むろん、和訳されたものですが――提出し、英訳することになつたとき、教授は、両肘をついて、机の角の辺を見ながら、

「ねえ、やつぱりいいですねえ。わたしや、昔を想ひ出しましたよ。むかし、フルウ・ド・マルに熱狂したころをね」

といつて、へへへ、と笑ひました。教授は一体、何歳だつたのでせう。髪には白い色が、かなり混つてゐました。

またあるとき、一人が日本の新進作家の、心中の場面を描いた短文を出したとき、教授は、へへへ、と笑ふかはりにひどく怒り出しました。

「何です？　ええ、こりや。嘘つぱちだ。嘘だ。これが日本の新進作家かい？　こんな嘘を書いて平気で通用する世の中になつたんですかい？」

あちこちで、くすくす笑声がしましたが、その提出者の、新進作家の信奉者であつた学生は、怒られてゐるのが自分であるかのやうに、固くなつて、蒼ざめてゐました。それから教

授は一時間中、いかに嘘であるか、何故に嘘であるか、について、滔滔と論じました。生憎、私は忘れてしまひました。が、その間、私、または私たちは、教授の話の内容、といふよりもその熱情に、大いに傾聴したことを覚えてゐます。それから私は、学校では何を教へられるか、何を得るか、よりもむしろ何を感ずるか、の方が重大だ、と真面目くさつて考へたこともありました。しかし、これは怠惰な学生であつた私の、一種の独り良がりの考へにすぎないでせう。事実、私はさう考へてのち、滑稽になつたのを覚えてゐます。

ある冬の午後でした。多分、二月末だつたかと思ひます。珍らしく温い日で、外套が重いくらゐに思はれる日でした。私は郊外電車の始発駅で、電車を待つてゐました。すると、高いプラットフオオムに上つてくる階段の上に、一人の少女が立つてゐるのを、見出しました。少女は女学生がよく着る紺の外套を着て、手提鞄を両手で支へながら、しきりに、階段を上つてくる人のなかに誰かを見つけようとしてゐました。多分十五六、の少女だつたと思ひます。

それが、教授によく似た少女であることは、改めて見直す必要もなくすぐ判りました。私は、少女が待つてゐるのは教授にちがひない、と思ひました。電車が這入りました。私はベンチに腰かけたまま、少女の様子を見てゐました。電車が出て行きました。眼の前にあつた電車がなくなつて、線路が、またいままで見えなかつた向う側が見える瞬間、といふのは、妙にしらじらしい感じのするものです。向う側のプラットフオムごしに、街が見えました。その上に、少し凹んで、だらしのないアドバルウンが、大きな赤い字の広告をぶら下げて、浮かんでゐました。何と書いてあるのか、私には読めませんでした。

私が再び、少女の方を見たとき、そこに少女の姿はありませんでした。私は吃驚しました。立ち上ると、階段の方へ歩いて行きましたが、そこまで行かぬ裡に、教授と並んで上つてくる少女が眼に這入りました。うつむいて上つてくる教授に、私の姿は映らなかつたでせう。私は、プラットフオムの隅の方に歩いて行くと、並んでベンチに坐つた二人を眺めました。

二人は何か話しあつてゐました。少女の笑顔が、教授の顔を覗き込むやうにする。と、教授の髭が動いて、笑顔になりました。その笑顔は、学校で見ることの出来ないものでした。妙に無邪気に見える、と同時に、妙に淋しい翳を伴つたものにも見える。私は、電車が来るまで、二人を眺めつづけました。どういふものか、私の心は感動してゐました。

むろん、私は電車に、二人と一緒にのり込みました。電車は、かなり混んでゐました。私は二人の姿を見なくとも、例の、白い喫茶店のある駅で二人が降りることを確信してゐましたから、別に、探さうとも思ひませんでした。崖が、次第に低くなつて行く、と、やがて、例の駅につきました。私はそこで下車しました。見ると、前方に、教授と少女がゐました。二人は改札口を出ると——このとき教授は切符を出しました。少女はパスを示しただけでした——まるで、それが目的ででもあるかのやうに、白い喫茶店に真直ぐ這入つて行きました。私もつづいて這入りたい誘惑を覚えました。が、路を崖の上へと歩いて行きました。

眼に這入るのは冬枯れの風景でした。あまつさへ、私は霜どけのひどいぬかるみに、かなり閉口しました。それでもどうにかかうにか、靴に大きな土の塊をつけたまま、崖の上に辿りつきました。冬枯れの風景は、淋しいものでした。が、温かい陽差しのあるせゐか、または、身近く嗅がれた春の香のせゐか、そこには仄かな憩ひが感ぜられました。

私は、気をつけて、枯草の上に腰を降すと烟草を一服しながら、眼下の凹地や、向うの丘を眺めました。いや、まづ最初に、例の草むらを見た、といつた方がいい。草むらには、私の予想通りには行かずに、幸福な恋人たちの姿は見えませんでした。凹んだ湿地の葦は枯れ、折れたりしてゐました。そのなかを流れる小川が、前よりもはつきりとその水脈を露呈してゐました。そして、丘の斜面を庭にした大きな家——それは邸宅と呼びたい感じの家でしたが、その家の暖炉の烟突からは、白い烟が立ちのぼつてゐました。風は殆んど、ありませんでした。

電車が来て、去りました。乗客は尠く、崖の上を見るひともゐませんでした。私は落付いて、ゆつくり烟草をふかしました。すると、私の耳は、ピアノの音を捉へました。半分、それを期待してゐた私には、何か莫迦にロマンチックに思はれました。が、考へるまでもなく、おそらく毎日でも、誰か弾いてゐたにちがひありません。その日は、前のときとちがつて、上手でした。弾いてゐるのは何か、私は知りませんでしたが、ゆるやかなロンド風のものでした。ピアノは同じテエマを何回かくりかへした途中で、突然やんでしまひました。私は耳をすましました。が、再び始まらうとはしない。

私は立ち上りました。路の降つていつた先に、ちつぽけな広場が見え、白い喫茶店の一角が覗いてゐました。その広場を、教授と少女が駅へと歩いて行くのが見えました。私はぬかるみの路を降りながら、いま耳にした曲のテエマを鼻で鳴らしてみました。が、それはすぐ消えて、前にきいた「想ひ出」のメロディが出て来ました。

私は二三回、転び損つてから、やつと白い喫茶店に這入ることが出来ました。這入るとすぐ窓から、駅の方をみました。教授と少女は改札口を這入つたすぐのところで、立話してゐました。やがて、上り電車が来ました。すると、教授は忙いで、線路を横切つて、上り線のプラットフオオムに駈けて行きました。ステッキと鞄を小脇にかかへて。しかし、少女は――少女は走りませんでした。少女は同じ場所に凝つと立つたまま、電車の方を見てゐました。電車が走り出すと、教授を見つけたのか、手を振りました。私は、少女がやがて出てくるだらう、と思ひました。が、少女は手を振りやめると、下り線のプラットフオオムに上つて行き、その上のちつぽけな待合室に這入つて見えなくなりました。

これは、どういふわけだらう。私は考へました。喫茶店のなかには、他に客がありませんでした。私は若い男が、珈琲をもつて来たとき、話しかけました。

「この店はいつも、静かですね」

尤も、私は二度目でしたから、この、いつも、といふのはいつてしまつてからちよつと滑稽に思はれました。

「ええ。しかし、夕方は仲仲、お客さんが這入ります。ちやうど、家にかへる途中の人たちが……」

「ああ」

私は、私の質問が、別の意味で受取られたことに気づきました。が、別に説明することもありません。私はただ、きつかけが欲しかつたばかりだつたのですから。

「さつき僕の来るちよつと前に、ゐたお客さんがあつたらう。年とつた男の人と、女学生のやうな女の子と、二人づれで」

「ええ」

「あのひとたちはよく来るの？」

「ええ。ときどきお見えになりますね。きつと親子でせう。いつも何か愉しさうに話してゐますよ。ほら、そこに額がありますね」

指したところに、小さな油絵の風景画がありました。

「それを描かれたKさんとお友だちださうですよ」

私はその画家の名前だけ知つてゐました。話によると、始めて来たとき、教授はつかつかと画の前に行き、意外らしい表情で、若い男にどうしてこの画を手に入れたか、と訊いたさうです。そのときの話の弾みで、画伯と友人だといつたといふのです。

「あの方も、画かきさんぢやないですかね」

「いや、僕の学校の先生だよ」

「さうですか、へえ」

若い男がいつてしまふと、私は物思ひにふけりました。私の頭の裡では、教授と少女が父子であることはまちがひないことのやうに思はれました。が、二人は何か不幸な出来事のために、一緒にゐることが出来ない。そこで、ときをり日を決めて郊外電車の駅で待ちあはせ、この人気の尠い喫茶店の、殊に閑散な時刻にここで、話しあつて慰めあつてゐる。私にはさう思はれました。多分、この白い喫茶店を見つけたのは、あの少女だらう。二三日してから、私は一人の友人と学校近くの喫茶店で茶をのみました。それは、画伯の甥だといふ男でした。彼はあまり一同と口をきかぬ男でした。が、頗る大酒のみで、遊里にもしばしば出入する、といふ噂を立てられてゐました。滑稽なことにちがひありませんが、私たちはそんな人間を、先達者として、一種、尊敬ではないが、何かそれに似た気持で眺めたりしたものです。まあ、一口にいふと、あのころは、何につけ早いか遅いかの相違だけが、資格の上に大いに影響してゐたのでせう。

彼は、教授の話にはたいして興味をもつてゐない様子でした。が、吸口をつけたバット――さうだ、もうこれも昔話となつたわけだが――そのバットを口に咥へて、知つてゐることを話しました。それによると、K画伯と教授は古い友人でした。ヨオロツパ、といつてもフランス、そのパリで知りあつたのださうです。教授はかつて、小説を書いたことがありました。

「をぢきにいはせると、ちよいとたいした才能があつたさうだよ」

友人は笑ひました。

「どうして、やめたんだらう?」

「知らんね。これもをぢきの言によると、世に拗ねたとかいつてるよ」

教授は結婚したけれども、その奥さんと、別れたといふ話でした。別れたといふより、奥さんが若い燕を作つて逃げてしまつた、といふ話でした。尤も、この点になると友人の話はかなり信用のおけぬものらしく思はれました。

「子供はゐないのかい?」

「子供？　そんなこた知らねえよ」

私は、友人たちの前に公表しなかつた、白い喫茶店の発見を、この男に話しました。予期した通り、彼は面白くもなささうにききました。尤も、これが、その男のくせであり、いやそのころのある学生たちのくせであつたかもしれません。

「そりや、娘だよ。きつと。お袋さんと一緒に逃げたのか、それとも、よそへやられたかしたんだな」

暫くして彼はさういひました。

私はその後、幾度か、といつても一月とか半月といふ間隔をおいてですが、白い喫茶店に這入りました。また、例の崖の上に坐りました。最初の、エトランゼめいた気持は、喪はれてしまひました。が、そこは私にとつて、何か隠家のやうに思へました。漠然とした不安とか、虚無の想ひとか、おそらくいまならフンといつてしまふかもしれないものにとりつかれたとき、あるいは実生活で不快を覚えたとき、私は知らぬまに、そのちつぽけな駅で下車する自分を見出しました。だから、私の脳裏には、白い喫茶店の前に、コスモスの群れ咲いてゐる光景とか、黄ばんだ銀杏並木とか、または、花をつけた桜の立つてゐる、間の抜けた敷地の眺めとか、厚く草の生ひ茂つた駅近くに欅が青青した葉をそよがせてゐる夏の日とか、霜どけの路とか——さまざまの季節の風景が浮かんでくるのです。しかし、それらのものはもうすぎ去つてしまつた。いま、私はフンといつてしまふもの、といひましたが、そんなものと一緒に、私の過去の頁に残つてゐるにすぎない。さうだ、フン、と鼻であしらへる方がいいのでせう。何故なら、過去は再び捉へることの出来ないものであり、私の過ぎ去つた青春は、二度と私の行手に出現しようとはしないから。

前にも申したやうに、私は幾度かそこを訪れました。が、さう都合よく、教授と少女に出《で》会《くは》すわけには行きませんでした。私は幾度か、崖の上に坐りました。が、さういつもドルドラの「想ひ出」をきけるといふわけではありませんでした。妙なことに——あるいはむしろ当然だつたかもしれませんが、喫茶店に坐つてゐるとき、私は教授と少女を考へました。崖の上にゐるときだと、どうしても、「想ひ出」のメロデイでないといけない気がしました。「想ひ出」といへば、私はある雪の降る夜、銀座の、ビヤホオルに坐つてゐたことがありました。それは、私が予科から学部に這入つた年か、あるいはその前の年かの暮近いある夜でした。むろん、私はビイルをのんでゐました。私の近くにはストオヴがあり、濡れた靴を投げ出しておくと、湯気が盛んに立ち上りました。窓は濡れ、水玉が頻りに滴り落ち、室内はひどく温かでした。私は明かるい灯の下で、愉快さうに談笑するひとびとを、眺めながらビイルをのみました。それは妙に愉しい気のするものでした。

窓から外を透かしてみると、灯がにぢんでどこか、見知らぬ土地にでもゐるやうな気がしました。ときをり、自動車のヘッド・ライトが、窓をかすめて行きました。その自動車の上には、雪がかかつてゐる筈でした。私はひとりでした。が、私は忙しさうに動きまはる、ジヨツキを銀盆に並べてのせたのを抱へた給仕たちとか、おおい、と叫んでお替りをよぶ赤い顔の肥つた紳士とか、口をとがらせて、しきりに何か論じてゐる若い月給取らしい男とか、それらのひとびとを眺めてゐるだけで愉快でした。

そのとき、私は「想ひ出」の曲をきいたのです。いや、レコオドは、一体この談笑するひとたちに何の用があつてかけるのか判らないのですが、ともかく鳴つてゐたらしいのです。といふのは私自身、はつきり覚えてゐないからです。多分、そのメロディが、私の耳に突然流れ込んだにちがひありません。私に、親しいメロディが。それは、友人の家にあつたのと同様、ヴアイオリンでした。私は、その賑やかな空気のなかで、そのメロディをはつきりき

くことが出来ました。が、そのときは崖上を考へたり、二人を想ひ出したりするより、何となく、

「ああ、いいな」

と呟きたくなるやうな気持でした。いいな——おそらくその瞬間が、莫迦に愉しく思はれた故なのでせう。さうです。つまりこのひとときも、幸福が私の近くに立つてゐたにちがひありません。「想ひ出」が終ると、またつぎの曲が始まりました。が、もうそれは私の耳に這入りませんでした。

私が、白い喫茶店に教授と少女を見かけた最後は、いつだつたか、またどんなものだつたか、憶えてゐません。学部に這入ると、その教授の授業はありませんでした。しかし、私は一度教授を、見かけました。むろん、学校附近ではときどき、ひよこひよこ歩いてゐる姿を見たことはあります。私が見かけたのは、学校附近ではありません。

何でも曇つた秋の午後だつたと思ひます。そのころ、私たちは重苦しい気持で生きてゐました。それは、米国と戦争の始まる前の年だつたでせう。私たちは、矢鱈に酒をのむことを覚えました。また、遊里に足を踏み入れたりしました。動いてゐればいい、じつとしてゐる

と、何か得体のしれぬ不安、あるいは黒い影が近づいてくる、といつた日日を送つてゐました。私たちは、喫茶店で大声で話しあひ、つまらぬことに浩笑しました。さうすることによつて、重苦しい不安とか圧迫を押しのけるかのやうに。が、そこを出て一人、あるいは二人ぐらゐになると、すつかり気が沈んでしまつて、何も話したくない、矢鱈に神経がいら立つてくる、といつた日を過しました。そのころはもう、あの崖上も、白い喫茶店も、私の隠家ではありませんでした。

　崖上は何の秘密ももたぬ、平凡な場所でしかありませんでした。またそこからの眺めも、私を退屈にさせ、憂鬱にするばかりでした。殊に、その沼地の葦の枯れた姿は、私をひどい憂鬱に陥入れました。そこには何の夢もありませんでした。愉しい恋人たちの坐る筈の草むら、しかし、それは怖ろしいほど莫迦気切つた場所でしかありませんでした。そこに坐つてゐる二人があつたとしても、私は多分、何の感動も覚えなかつたでせう。

　白い喫茶店にしたところで、もう何の歓びも感じませんでした。その一帯には、知り尽した女に感じるやうな味気なさしか、感じられませんでした。そんな気持の、ある曇天の秋の午後――だつたと思ひます。私は用事があつて、滅多に行つたことのない町へ出かけました。

用事をすませて、教へられた近路を私は歩いて行きました。

それは、幅一間ほどの狭い路で、片側には小さな、古ぼけた人家が並び、片側は、小学校らしくそのコンクリイトの灰色の壁が長くつづいてゐました。コンクリイトの塀の下には、小さな溝があり、茶碗の破片とか、その他得体のしれぬものが沈んでゐました。その溝のなかに落としてゐた眼をあげた私は、前方に、あの教授を見出したのです。教授はちやうど、左側の一軒の家から出たところでした。帽子をちよつと被り直した教授は、出て来た方を振向きました。と、すぐ、一人の女が、半身を門から出しました。唇の紅い、しかし、もう三十に近いだらうと思はれる女でした。女は半身しか見えませんでした。が、かなりだらしのない恰好をしてゐることが判りました。教授が歩き出すと、女はアルトでかういひました。

「ぢや、またね」

そして、ピシヤンと戸の閉る音がしました。私は、ゆつくり歩きました。それから、例の家の前を通るとき、その家を眺めました。高等御下宿。門の上にそんな看板がかかつてゐました。が、古い木造のその建物は、どう考へても高等とはおよそ縁のないものでした。その門のなかには、痩せたひよろひよろの木が二三本、立つてゐました。私は、ゆつくりその前を通りました。もう教授の姿は、先方の曲り角に消えて行くところでした。

その光景に対する私の解釈は簡単でした。また、教授はときをりその女のところへやつて来るらしく察せられました。むろん、私はそれについて、道徳的な判断を下さうとする気は毛頭ありませんでした。いや、却つて私はそこに、重苦しい生活をひきずつてゐる一人の年をとつた男を感じました。その重苦しさを遁れるひとつのもの、をもつてゐる男の、弱みを感じました。更に、そんなだらしのないやうな女に、遁れ場所を見出してゐる男の悲しい生活を感じました。あるいは、それはそのときの私の、センチメンタリズムのなせる考へ方かもしれません。私はともかくそんなことを感じて、哀感を覚えました。

その女とその後、教授がどのくらゐの期間関係があつたのか、私は知りません。私は二度と、その女を見ませんでした。また、二度と、少女と教授が一緒にゐるのを見かけたことはありませんでした。いや、私の脳裏では、その、高等御下宿で見た教授が、私の教授を見た最後の姿のやうに思はれます。むろん、そんな筈はないにちがひありません。その後も、学校附近で見かけた筈なのです。しかし、私の記憶の裡の教授は、古ぼけた高等御下宿の建物の前を、ひよこひよこ歩いて曲り角に消えてしまふ、それで終りです。また、永久に。何故なら、教授は私が大学を卒業した翌年の秋、死にました。私はそれを、送つて来た学校の月報で知りました。前予科教授X・Y氏は……と書いてありましたから、死なれたときは、学校の方もやめてゐたのでせう。

そのころ、私は市内のある雑誌社に勤めてゐました。卒業と同時に、私の友人たちの半数以上は、戦場に向かつて出発しました。親しい友人は残つてゐませんでした。私の生活は殺風景でした。煩らはしいものでした。同時に、私をとりまく世間もひどく殺風景になつていきました。雑誌社の生活は、私から、多くのものを削り落としました。ある風景にちよつと心が動かされる、するとむしろ、まだそんな気持が残つてゐるのに驚くやうな有様でした。そんなとき、自分の青春が喪はれて行く寂寥を覚えぬこともありませんでした。暗い気持に襲はれることがないでもありませんでした。が、そんなものは、ものの一時間と経たぬ裡に消え失せてしまふものでした。

私のかつて愛した崖上の風景も、白い喫茶店も、私の脳裏に浮かぶことはありませんでした。さうです、私は卒業して一年目に、省線の沿線に移つてしまつてゐました。だから、もし社用で、そこを通らなかつたら、きつと二度とわざわざ行つてみようとは思はなかつたでせう。

それは、やがて空襲の始まる年の初秋でした。もうそのころ、私は、あるいは私たちは、どこへ行くともしれぬ列車にのつて闇のなかを疾つてゐるやうな気持を覚えてゐました。希望――そんな言葉は、ただ、現在自分のゐる場所がいかに絶望にみちてゐるか、を教へるためのものにすぎないと思はれました。どこで見たか覚えてゐませんが、私はそのころ、何かの小説のなかで見つけた、滑稽と悲惨、といふ文句をよく呟いたのを想ひ出します。あるものは何か――滑稽と悲惨。またちやうどそのころ、ある古い本をよんでゐて、

人生は厳粛である。

といふ一行を見つけたとき、私は思はず笑ひ出したのを憶えてゐます。

さてその日、用事が終つた私は、例の白い喫茶店のある駅で降りました。はつきりした理由は覚えてゐません。よく私は、あるひとつの行動をとる前に、頭のなかが、空虚になる瞬間があります。その瞬間、私の意志よりも先に、私の手足が動き出す。するとその通り行動するのです。これはまだ学生時分のことでしたが、ある額縁屋で、一枚の絵を見てゐる裡に、ふと、買はうかな、と思ひました。実は迷つてゐたのです。が、私の手は財布をとり出して

ゐました。その結果、私はそのコロオの絵の複製版を額に入れて貰つてかへりました。財布には十銭か十五銭しか残らず、うつかりしたら、電車にも乗れないところでした。

多分、そのときも、といふのは電車が例の駅に這入つたときも、私はちよつと迷つた、が、足が外へ向かつて動き出した、のだらうと思ひます。その結果、私は久し振りにちつぽけな広場に出て行きました。私には、過ぎ去つた日の姿を求めよう、といつた気持はありませんでした。喪つた夢を見出さう、といふ願ひももちませんでした。

だから、白い喫茶店が閉まつてゐても、何とも思ひませんでした。白い喫茶店は閉されてゐました。硝子の多くは破れ、そこには板が乱棒に打ちつけてありました。おまけに、扉の前には、斜め十文字に、長い二本の板が打ちつけてありました。白い色も灰色によごれ、みぢめな建物でしかありませんでした。が、幾株かのコスモスだけは、まだ花は開きませんでしたが、蕾をもつたまま、立つてゐました。私は呟きました。

「ほろびしものはなつかしきかな、つていふ奴だらうな」

私には何の感動も湧き上つて来ませんでした。私は、広場からその喫茶店を眺めただけでした。そのまま、崖の上へと登つて行きました。住宅敷地は一面に、家が立つ替りに畑になつてゐました。桜の木はありませんでした。もはや、間の抜けた風景はなく、いかにも切実な抜目のない風景でした。やがて、崖の上に立つたとき、私は風景がかなり変つたのに気づきました。左手の松林が大半伐られたため、妙に左に重心がなくなつたやうに思はれました。恋人たちの坐る筈の草むら、そんなものは全く見当りませんでした。畑があるばかりでした。大きな邸宅の芝生も僅か残されて、あとは畑でした。ただ、小川の流れてゐる沼地だけは、昔のままでした。さうです。私はそれらの風景に何の興味も覚えませんでした。何故なら、私は風景よりも、崖の上に立つたとき、いや、崖上に近づくにつれて耳にきこえ出したピアノの音の方に、気をとられてゐましたから。

私は自分でも、そんな気持になるとは全く予期してゐませんでした。そのピアノの音は、思ひがけなく、私の心に不意にしのび込み、私の心を捉へました。私はそのとき、目は見たくないとき瞼を閉ざせばよい、口は、いひたくないとき開かねばよい、が、耳は――とつまらぬことを考へたのを憶えてゐます。

崖上の家は、変りませんでした。ピアノの音は、一瞬私に、始めて私がそこを訪れた日を偲ひ出させました。そのころは平和でした。そして、その平和といふ言葉が、そのころのあらゆる出来事、を象徴してゐるやうに思へました。

――さうだ、もう再びあの平和な、明かるい日は来ないだらう。

平和な明かるい日、しかし、当時私はちつとも明かるいなぞと思つたことはありませんでした。倦怠とか、疲れたとか、ものうい、とかそんな言葉でつづり合はせたボロのやうな生活だと思つてゐた筈なのですが。

雲の多い日でした。陽差しはしばしば雲に妨ぎられ、崖上から眺める風景はそのたびに調子が変りました。風がかなりあつて、ちよつとあわただしい感じのする日でした。私は憂鬱な心で、崖の上を立ち去りました。私は孤独を覚えました。それはかつて私の感じた、幾らか自分を甘やかし気味の、そのなかで案外愉しんでゐる、といつた孤独とは全く異つたものでした。どうにもやり切れない孤独でした。私は、駅に向かつて歩きました。忘れかけてゐた「想ひ出」のメロディを想ひ出すことによつて、多少なりとも、やり切れない気持を忘れようとしながら。

私が教授の娘――と私は確信してゐましたが――を見かけたのは、私が兵隊になる少し前のある日でした。それは、ちやうど、郊外の工場に大きな空襲が行はれ、一時間が一日のやうに、また一日が一週間、一月のやうに思はれる日がやがて始まる前奏曲が奏でられたころでした。

私は、郊外電車の始発駅の近くに行つたことがありました。郊外電車の始発駅は、省線の駅と同じ構内にありました。省線にのるため、幾らか暗い駅のなかに這入つていつたとき、私は、教授の娘を見つけたのです。そのころ、ひとびとは、ものものしい服装をしはじめてゐました。鎧兜を背中に背負つたり、肩から吊したり、綿の這入つた頭巾を抱へたりして。多分、ゲエトルとか、モンペとか、単調な色彩の服装が多かつたゆゑだらうと思ひます。私は一人の娘に気がつきました。

それは、かなり人眼につく容貌をもつた娘で、また、自分でもそれを意識してゐるらしい容子で、切符売場の閉まつた台のひとつに片肘をのせて、軽く凭れる恰好で立つてゐました。灰色のズボンをはき、淡青色のスエタアを、ボタンをかけぬ軽い外套の下から覗かせてゐました。多分、あるひとは、そこに暢気な娘だ、といふ感じを抱いたかもしれないし、また、あるひとは、かかる世の中に怪しからん、と思つたかもしれません。実際、そのころぐらゐ単純な世の中はなかつたでせう。坊主頭にするとか、他人がやるやうな服装をするとか——そしてそれは容易に出来ることでしたが——そんな簡単な外観だけで充分、ひとつの運命に対して協力してゐると思はれることが、不可能ではなかつたのですから。

私が、その娘に注意したのも、ひとつは服装のせゐでした。私には見憶えがありました。教授の娘、と気づくにはちよつと手間どりましたが、さう気づいた瞬間、莫迦な話ですが、私は娘が教授を待つてゐると、錯覚を起しました。

切符を買ふために行列に加はつた私は、娘を眺めゝました。教授と一緒にゐたころ、とは大分ちがつてゐました。前途のない、暗い気持の生活がひろがつてゐる世のなかで、そんな恰好で立つてゐる娘を見ると、なにか不思議な感動を覚えさせられました。それは幾らか、頽廃の香を伴つた感動に思はれました。

すると、一人の学生が彼女に近づきました。学生も娘も、笑顔ひとつ見せませんでした。怒つたやうな顔でうなづきあふと、暗い構内から、通りの方に出て行きました。四囲に何があらうと、われわれの知つたこつちやない、二人の姿にはそんな無言の表示がよみとれました。学生は、綺麗な顔の、いい身体つきをした若者でした。——多分、近く戦場に行くだらう、私は考へました。この一瞬に激しく生きるがいいだらう。もう、明日はないのだから。

私は、二人の姿が見えなくなると、教授の娘の幸福であることを願ひたい気持がしました。

戦ひは終りました。私は短い――しかし、実際はひどく長く思はれた――兵隊生活にサヨナラを告げて帰つて来ました。明日の生命を信じなかつた私に、それはひどく勝手の狂つたものでした。メリメの小説に、彼は外交官としてアプリオリに事態の悪化を予測する傾向があつた……といつたやうな言葉がありますが、私自身、自分の前途、または物事の成行に関して、大いに悲観的になる癖がありました。つまり、私の予想からいへば、私はどこかで、金魚の糞のやうに引つぱられたまま、みじめに死んでしまふ筈だつたのです。が、人間なんて暢気なものですから、私も一年と経たぬ裡に、死なないのが当然であつた、と考へて平気でゐられるやうになりました。

さうだ、その一年目のころのことです。もと市内に住んでゐて家を失ひ、郊外に移り住んだある知人の住所が判つたので、ある日、私は訪ねることにしました。それには、もう長いあひだ乗らなかつた、例の郊外電車にのつてみたい気持と、崖上とか、白い喫茶店を一瞥したいといふ、少少センチメンタルな意図も含まれてゐたのです。

知人のゐるところは、あの白い喫茶店のある駅から二つ先の、郊外電車が省線と聯絡してゐる駅のある町でした。電車はひどい混雑で、一瞥するひまもないうちに、例の駅はすぎてしまひました。知人にあつて、話しをして、帰途についたのは、かなり斜めの陽差しが町に落ちてゐるころでした。といつても、夕暮といふにはまだ早く、街には人通りも多く、雑音が埃と一緒にひろがつてゐました。

駅近い一帯は、戦争のあひだに建物がとり払はれた跡の空地で、そこには粗末なマアケットが出来てゐました。粗末な——事実、少しはなれたところか、あるいはもし出来れば少し高いところから眺めるなら、それがいかに果敢ないものかすぐ理解出来るでせう。そして、そこで行はれてゐる売買も、いかに哀しいものか、と思はれるかもしれない。ところがひとたび、そのなかに足を踏み入れると、そこには、あらあらしく呼吸してゐる生活が、まざまざと膚に感じられるでせう。

私は、赤や緑の線の這入つた白い飴とか、烟草をまく器械とか、靴とか、ゴム紐とか、化粧品とか、魚、野菜……等等が並んでゐる台のあひだを歩きました。古着を並べた露店の主人は、たしか、軍人だつた人物にちがひありませんでした。魚屋の前には、財布を片手に、不安らしくあちこちと眼を走らせてゐる女がゐました。ひそひそ話しあつてゐる三四人づれがありました。かと思ふと、百円札で飴を買つて釣銭を貰ふ、子供がゐました。私は一巡すると、駅に近い方の出口から出るために歩いて行きました。

埃の立ちのぼつてゐるマアケットを出ると、私は駅に向かつて歩き出さうとしました。マアケットの隣りは、石造の銀行の建物でした。そこから先はとりこはされず、残つてゐるわけでした、銀行の前のささやかな土――それは石でかこつてありましたが、石と石をつなぐ鎖はありませんでした――の部分には、埃をかぶつた木が三四本立つてゐました。銀行の正面の石段、そこに二人の若い女が坐つてゐました。

銀行はもう閉されてゐました。二人の女は揃つて、派手な模様の布を頭からかぶつてゐました。妙なことに、一人は靴下なしで、茶色い靴をはいてゐる。もう一人は靴下をはいて、下駄をはいてゐました。二人とも同じ年恰好に見えました。そして、私は、靴下なしで靴をはいた女が、腰を降して膝の上に両肘をのせ頬杖をついてゐる女が、教授の娘であることに気がつきました。

マアケットを出たところに婆さんがゐる露店の玩具やがありました。私はその前に立つて、玩具を見る恰好をしながら、彼女を眺めました。どうしたわけか、教授の娘と気づいたとき、私は意外な気がしませんでした。私は彼女のそんな姿を予期したわけではない。そこで見るまで、彼女は私の脳裡に一度も浮かんだことはありませんでした。にも拘らず、私は極めて自然なものを感じて、彼女を見ることが出来ました。

二人とも唇を真紅に染め、ときをり、短い言葉を叩きつけるやうにして、話しあひました。唇の紅さが、彼女の蒼ざめた荒れた肌を、強く感じさせました。私は前に、あるドイツ人の妻君になつた日本の女から、やはりそんな感じを受けたことを憶えてゐます。それは、一人の女が受入れることの出来るひとつの限度、その限度が破れたあとの荒涼とした眺め、変ないひ方ですが、そんな感じのするものでした。

通るひとは、一応、その二人に注意して行きました。なかには露骨に、彼らの内心を表情に現はして行くひともありました。一体、何故、そんなところに坐つてゐたのでせう。二人は平然としてゐました。私は次第に気持が沈んで行くのを覚えました。理由のない哀愁が心に流れました。しかし、何と奇妙なことでせう。私は、かつて、切符売場で彼女に感じたと同様、その幸福であることを願ひたい気持がありました。

「そのマリいくら?」

私は婆さんに訊ねました。

「坊ちやんですか？　それとも女の御子さんで……」

「うん、女の子なんだ」

私は答へました。私は結婚して半年にしかなつてゐませんでしたから、むろん、まだ子供はなかつたのです。しかし、私は要りもしないマリを一箇買ひました。それはゴムではなく、叩くとコツコツ音のする、赤や緑で、花の絵が描いてあるマリでした。私はマリをポケットに入れました。もはや、立ち去るべきときでした。

私はもう一度、教授の娘を見ました。一体、私がどうすればいい、といふのでせう。何が出来るといふのでせう。フランス人はよく、首をちよいと傾けて両肩をひよいとすくめる動作をやります。私は心のなかで、そんな動作をやつた気持でした。そして、駅に向かつて歩きました。

電車を長いあひだ待つたため、白い喫茶店のある駅についたときは、もう夕暮の色が流れてゐました。私は乗客たちに押しつけられた窓から、外を眺めました。白い喫茶店には灯がついてゐました。が、喫茶店ではないらしく、開いた扉のあひだから、箱だとかその他なにかゴタゴタ積みあげてあるのが見えました。

銀杏並木がつづいた路がありました。その先の方に、点点と灯のともつた住居が見られましたが、もう輪郭ははつきりとしてゐませんでした。石にかこまれた敷地、並木、喫茶店、そんなものにかこまれた駅前のちつぽけな広場を、いま降りたひとたちが歩いて行きました。そこには、夕暮の色が流れてゐました。淡い靄のやうなものが漾《ただよ》つてゐました。それは、夏も終り近いころでした。が、そのちつぽけな広場には、なにか、秋の香が溢れてゐるらしく感ぜられました。なにか――特に秋といひたいやうな。

私は広場を眺めてゐました。しかし、実際私の眺めてゐた時間は極く短いあひだにすぎません。たちまち喫茶店が、並木が――広場が私の眼界から消え失せました。住宅敷地が高くなる。次第に崖がせり上つてくる。と、電車は草の茂つた崖の下を走つてゐました。崖の上には、黝ずんだ家が二三軒、灯ともつて見えるばかりでした。

細竹

山から細い竹を採つて帰つてくると、玄関に頰る顔の長い女のひとが立つてゐた。中老のその女は僕を見ると——初対面にも拘らず——口一杯の金歯を輝かせて笑ひかけた。

——坊ちやん、今日は。

僕は無言で一礼すると、吊してある来客用の銅鑼を力一杯打つた。庇から雀が二羽、狼狽して飛び立つた。女中が出て来たので、僕は裏庭の方へ歩いていつた。裏庭に立つてゐると、高い赤土の崖に沿つた径を裏山から伯母が戻つて来た。片手に小刀を持ち、片手に椎茸を入れた笊をもつてゐる。俯向き加減に、真面目な顔をして歩いてくる。裏山には椎茸が栽培してあつた。

竹をもつてうろうろしてゐる僕を見つけると、伯母の顔に微笑が浮かんだ。が、伯母の視線は僕の頭ごしに伸びると、思ひがけぬ、といつた驚きの笑顔に変つた。僕は振返つた。いつのまにか、庭に面した縁に例の顔の長い女が立つてゐた。奇妙な鳥でも鳴いたのかと思つたら、女のひとが笑つた声であつた。

——あら、奥さん。

——まあ、お珍らしい。お師匠さん。

伯母は少少故意とらしく足を速めると、裏木戸を開けて這入つて来た。しかし、僕の手の竹を見ると訝かし気に訊ねた。

——竹を……どうなさるの？

——植ゑるんです。

僕は得意であつた。伯母は何かいはうとしたらしかつた。が、顔の長い客が気にかかるらしくいつてしまつた。爺や——と僕らは呼んでゐた——が、鹿爪らしい顔で現はれた。

——この辺がいいだらう？

——ふん、わしは気に喰はん。止めときなされ。そんなもの、風致を害しますわい。

——いいよ。早く植ゑよう。枯れちやうと困るからな。

――枯れる？

爺やは腹に据ゑ兼ねた声で反問した。が、何やらブツブツ呟きながら物置からシヤベルを持つてくると穴を掘り出した。それは伯母の居間の窓のすぐ下に当るところであつた。掘りながら爺やは窓ごし、伯母の居間をちよいと覗いた。正面に立派な仏壇があつて、眼鏡をかけ髭を蓄へた伯父の写真が此方を睨んでゐる。爺やは不器用に写真に向つて一礼するといひ出した。

――大旦那様が御覧になつて、止せ、と申されてをりますわい。

――そんなことあるもんか。却つてお喜びさ。

僕は池から長柄杓に水を汲みとると、植ゑられた竹の根に注いだ。土が流れて竹が仆れかかつた。

――へえ、こんなものに、水までかけてやるんですかい。

爺やは仆れかかつた竹を手荒く摑むと植ゑ直した。何故、そんなものを植ゑたのか、僕は憶えてゐない。竹は細く貧弱極まるものであつた。僕の首にも届かなかつた。

――爺や。

伯母の声がした。爺やは小腰をかがめながら縁の方に歩いていつた。その首には直径三糎ほどの瘤があつた。

——あのね、御近所にね、今夜たいへんつまらないものですけれど、おきかせしたいからお出で下さいまし、つていつて来て頂戴。

——へえ。

爺やは池の水で手を洗ふと出かけていつた。近所といつても五六軒しかない。のみならず、二軒は一町ばかり離れたところにあつた。

夜になると、客間に七八人のひとが集まつた。近所の百姓とその妻君連であつた。隅の方にかたまつて畏まつてゐた。床の間を背にして伯母と顔の長い女のひとが坐つてゐた。伯母はのぼせてゐるらしく、赤い顔をして頻りに

——みなさん、どうぞお楽になさつて下さいましな、どうぞ。

と繰返した。が、連中は点頭《うなづ》くばかりで一向に膝を崩さうともしなかつた。僕は客間から一尺ほど下つた広縁の長椅子に寝そべつて、何事か、と思つて眺めてゐた。伯母は襟のところに半巾か手拭をはさんでゐたが、それが拡がつてゐて涎掛のやうに見える。みつともない。

何故あんなものをはさんでおくのだらう、と考へてゐたら、突然その半巾か手拭だかをとつて顔を拭いた。その裡に、女のひとは三味線を抱へると撥を片手に大きな音をさせた。と、突然、イヨウ、といふ頓狂な声が飛び出したかと思ふと、伯母は眼を瞑つて首を振りながら僕にはおよそ馴染のうすい声を張り上げた。僕はぴよいと飛び起きると、あわてて茶の間に駆け込んだ。が、まだ心配なので台所までいくと、笑ひがとまらなかつた。

——坊ちやま、きこえますよ。

女中がいつた。いい加減をさまつたところで僕は茶の間に這入つた。太い指に小さな茶碗をもつて茶をのんでゐた爺やは、僕を見ると、窘《たしな》めた。

——お邪魔してはなりませんぞ。

僕には不可解であつた。何故、をかしくないのだらうか、と。

——爺や、をかしくない?

滅相もない、といふ面持である。

——お上手ですこと。女中がいつた。

彼女は縫物をしながら、ときをり指を舐めてゐた。彼女は小柄な色の白い、可愛いひと

——と伯母は称した——であつた。縫物の手を休めず僕にいつた。

——坊ちやまもいまにあんなことがお好きになりますよ。

爺やは鹿爪らしい顔でいひ出した。

——大旦那さまが御在世中は、よくあのお師匠さんが来られたもんだつた。爺やも聴くがよい、と仰言つて、わしも聴かせて頂いたことがあつたが……わしにはよく判らなかつた……いまでも、よく判らんが……

——さうね……

女中は下唇を噛みながら縫物をつづけてゐた。それは穏やかな春の夜であつた。客間の三弦の音、伯母の声。それにちよつと耳をすましたが容易にやみさうもなかつた。囲炉裏に炭を加へ自在鍵を調節してゐる爺やに僕は話しかけた。

——竹つて、すぐ大きくなるんだらう。

——へえ、さうですな。

別荘は赤土の高い崖——その崖からは無数の木の根が垂れ、ところどころ濡れて水が滴つてゐる――の傍にあつた。別荘はいつも仄暗く、冷え冷えとした空気が流れてゐたらしく思はれる。裏手は深い竹林、崖の反対側には低い山裾が間近く迫つて来てゐた。

伯父は為事《しごと》を養子夫婦にゆづると――といふのは実子がなかつたためであるが――その辺一帯の山を買ひとり、別荘を建てると伯母と二人引移つた。それから、駅から別荘まで自動車の通れる道をつくらせた。が、完成すると病気になり、その道を病院の自動車に乗せられて運ばれ、半月ばかりのちに死んでしまつた。爾来、伯母は三人の女中を一人に減らし、それに爺やと、その三人で別荘に住むやうになつた。赤土の崖の傍の家を、訪れるものは尠かつた。養子夫婦も滅多に訪れなかつた。そこにはいつも冷え冷えとした空気が流れてゐた。

ただ、ときをり――年に二三回、ひつそりした別荘の玄関先の銅鑼が、喧ましい音を立てることがあつた。すると、伯母は急いで立ち上ると玄関へ出ていつた。女中よりも早く。爺やも――もしその音が耳に這入る範囲内にゐるときは、鹿爪らしい顔で玄関に現はれた。

伯母や女中や爺やの眼前には、半ズボンの小学生が暢気な声でこんなことをいひながら立つてゐるのが常であつた。

――また来ちやつた、ああ草臥《くたび》れた。

それから小学生は湯殿へ行くと手足を洗ひ、ついでに顔も洗つてタオルで顔を上から下へ勇ましく拭く。と、小窓から梅の枝ごし、農家の藁屋根が、その先に低い連山のなつかしい姿が眼に這入る。すると彼は始めて安心して、ラッグの上で二三度足をこすると茶の間へ行く。その途中、決まつて女中が町の肉屋に肉を注文してゐる電話の声がきこえてくるのであつた。

茶の間の囲炉裏には、いつも鉄瓶が湯気を立ち上らせてゐた。伯父が生きてゐたころは囲炉裏の上にストオヴを据ゑ、石炭をどしどし燃し——といふのはむろん寒いときの話である——ビイルをのんでいい機嫌であつた。が、伯母はそんな乱暴はやらなかつた。煙突の穴も塞がれてしまつた。ただ、いつも鉄瓶から静かに湯気が立ち上つてゐた。

——そろそろ、来るころだと思つてゐたのよ。

——ふうん。

伯母はその小学生を可愛がつた。もし、両親の反対がなかつたら、その小学生は赤坊の時分伯母の家の子供に成つてゐた筈であつた。むろん、小学生はそんなことはちつとも知らなかつた。

伯母は小学生――つまり、僕であるが――を連れて近くの名所旧蹟の多い海浜の町を歩くのを楽しみにしてゐた。お蔭で僕は厭になるほど、それらの名所旧蹟にお馴染になつた。それから晩飯をすまして帰途につく。駅に降りると伯母は重大な相談でも持ちかけるらしく僕にいふのである。

――ね、自動車、それともお俥にしませうか？

僕はどつちでも良かつた。必ずしも乗物に限らない。一緒に食事するにしても、あれにしようかこれにしようか、と僕に質問して手間どつた。

――いつそのこと、歩かうかな。

――まあ、こんなに暗いのに。

それから伯母はしばらく自問自答していふ。

――自動車にしませうね。

――ええ。

――お俥でもいいのよ。

――自動車がいい。

——ほんと？

それから、駅前で伯母に挨拶する馴染の俥夫にいふ。

——今夜は自動車にするつていふから、ちよつと呼んで頂戴。

俥夫は自動車の駐まつてゐる方に向つて大声で叫ぶ。

——おおい。Ｋの奥さんのおよびだぞ。

——よしきた。

すると明かるいヘツドライトが砂利の上を流れてくる。その光の蔭から、のつそり一人の男の黒い影が現はれる。それは、爺やであつた。伯父のお古らしい古臭い中折帽をとると丁寧にお辞儀をした。

——お帰りなさいまし。

伯母は愉快さうに僕を振向いた。

——ほら、爺やよ、まあよく来てくれたこと。

僕と伯母を乗せた自動車は、爺やを砂利の上に残して走り出した。何故なら、彼は決して乗物に乗らうとしなかつたから。伯母や僕がいくらすすめても、彼は固辞して肯んじなかつた。伯母は——ぢや、私たちも歩かうかしら。むろん本気ではないが、そんなことをいつたりした。が、爺やは何といはれても同じであつた。

——ちやんと二本の足がございますわい。

——そりや、私たちだつてあつてよ。

——へえ、罰があたります。

すると、伯母の顔に幾分悲しさうな表情が浮んだ。この表情は例へば何か買つてやる、といはれて、別に思ひつかず要らないと答へた場合にも現はれた。いま、僕は幾分か当時の伯母の孤独の心理を理解出来る気がする。が、そのころはちつとも判らなかつた。

一度、一町ばかり離れた家の妻君が電話を借りに来たことがある。長いあひだ病床にゐた老人が死んだことを、町にゐる息子に報らせるためであつた。伯母は茶の間にゐて、僕に小声でいつた。

——おなくなりになつたのね。ちよつとぐらゐ教へて下さればいいのに……

電話をすまして挨拶に来た妻君に、伯母は少少怒つたらしく——が、妙なことに怒ると却つて悲しさうであつた——難詰した。

——何故、教へて下さらないの？　ずゐ分ぢやなくて。そんなやり方っていけませんよ。

——まあ、でも、こんな身内のつまらぬことを、奥さまのお耳に入れずとよいと思ひましたもので……

——いいえ、いけませんわ。

伯母は金子を包んで渡しながら何遍も繰返した。僕は本を読みながら、大人とは何と莫迦らしいことに気を使ふのだらう、と不思議に思つたりしたものである。

その裡に、半ズボンが長ズボンに変つた、ある温い春の日であつた。爺やは僕にかういつて、僕を狼狽させた。

——坊ちやまはこのごろ、銅鑼を叩きなさらんやうになりましたな。

僕の考へによると、銅鑼を打つのは小学生染みた他愛もない行為といふことになつた。そこで、僕は玄関先に立つても、銅鑼は打たないことにした。尤もらしく戸を開いて、御免なさい、といふことにしてゐた。もうひとつ、僕のそのころの考へによると、爺やが依然、お坊ちやま、と呼ぶのが面白くなかつた。僕は自分がもはや小学生ではない、といふことを示さうとして、

——爺や、ここは退屈ぢやないかい？　と訊いたりした。

——退屈、へえ、判りませんな。わしにはここが一番よい。町なかなんぞ、うるさいばかりで真平御免でございますよ。人間ちうものは、面倒事がないやうに暮せたら、それが一番いいと思ひますのでな。ここぐらゐ、いいところはございませんわい、へい。

僕はやむを得ず、尤もらしい顔をしてゐたが、実はそんな話は面白くなかつた。いまに至る迄、僕は哲学に最も縁の遠い人種の一人である。僕は一株の竹を指して爺やにいつた。

——ずゐ分伸びたね。

それは伯母の居間の窓下に植ゑた、例の細竹であつた。相変らず細い竹は、しかし、もう軒に背が届かうとしてゐた。爺やは、点頭くと、軽い笑を浮かべて僕と竹を等分に見較べる態であつた。僕は竹の傍に歩いていつた。むろん、僕より遥かに高い竹は、微風にその淡緑色の葉を幽かに鳴らしてゐた。

——あなたの植ゑた竹が……

机の上の書物から眼をあげた伯母は、僕を見ていつた。

——もうそんなに大きくなつたのよ。

——何を読んでるの？

——聖書。といつて伯母は笑つた。

——ふうん。

伯母はその前はお経を口誦《くちずさ》んだり、一時は、あまり評判のよろしくない宗教の信者になつて、をかしな襷なぞかけて遠路はるばるお詣りに出かけたりした。が、僕の見たところでは、そのいづれからも、真の慰めは得られなかつたやうである。

そのころ、女中は替つてゐて、背の高い肉附のいい女中が勇敢に働いてゐた。伯母のいふ可愛いひとは、ある実業家の第二号にをさまつた。大柄の女中は、伯母がよぶと、はあい、と大きな返事をして廊下をドンドン鳴らしてやつて来た。窓の手擦に干した半巾が風で庭先にとばされたとき、彼女はひよいと裸足で庭石まで飛び降り、またひよいと縁にとび返つた。女学校のバスケツトボオルの選手といふ肩書が自慢らしかつた。が、生憎、もうひとつ、よくない肩書があつた。曰く、出戻り。

ある日、僕が縁に立つてゐると、彼女はこつそり近寄り、いきなり僕の肩をついた。と、落ちかけた僕を背後から両腕で抱いた。

——ほらほら坊ちやま。危うございます。

僕はその仕打にひどく腹が立つた。が、伯母にいふのは差控へた。うまくいへないやうな妙な気持だつたから。

赤土の高い崖下の別荘までは、駅から小一里近くあつた。駅から七八町離れた踏切までは、どうやら家並がつづいてゐる。が、踏切を越すと、こぼれ落ちたやうに四五軒の家がかたまつて存在するばかりで、その砂利道をときをりバスが想ひ出したやうに通る。しかし、そのバス道路を右折すると、自動車がやつと通れるぐらゐの路が一本、長く一直線に伸び両側に畑を連ねつつ正面の低い山麓に消えてしまふ。路の両側の畑はいづれも、低い山に終つてゐる。右も山、左も山、また正面も山。その三方の山を眺めつつ歩いて行くと、春、路ぞひに植ゑられた御粗末な桜並木から、花が散りかかり、花はまた路ぞひの小川にも舞ひ落ちていつた。花見にくるものとてもない。秋、桜の黄葉が路の上をかさこそと這つて行く。

正面の山の中腹に見える赤いものが頭上に眺められ、それが華表だと判るやうになると路は左折する。すると遙か左手に、瓦屋根の二階家が望まれる。それは別荘のあるちつぽけな部落の外れの家であつた。

一時、銅鑼を叩くのを中止した僕は、いつからか再び鳴らすやうになつた。そのころ、僕はもう夜の街をお酒をのんでフラフラ歩くことをよくやるやうになつてゐた。それは、僕が大学に這入つた年の春であつた。銅鑼の音をききつけて現はれた爺やは、僕が手に持つてゐる四隅が妙にトンがつた帽子に眼をつけた。彼はその角帽――知人から譲り受けた古ぼけた帽子で、僕は新しい帽子を被りたくなかつた、更に申すと、その四隅がトンがつた帽子も僕の審美眼に一致しないので被りたくなかつたのであるが――を、恭恭しく押し頂いて分別臭げに眺めまはした。が、僕は彼の顔を見て、彼が口に出し兼ねてゐる疑問、即ち新しい大学生が何故古帽子を被るか、に解答を与へねばなるまい、と思つた。

――古い方が値打があるんだよ。人間だつて同じだらう?

――へえ。

彼は片付かない顔のままであつた。

が、爺やより伯母の方が始末が悪かつた。その少し前、僕の一家は東京から地方に移つたため、僕一人東京に残つて下宿した。伯母は僕の生活の変化――厳密にいふと生活様式の変化――と、古帽子を結びつけ嘆かはしいやうな顔をした。

一体、僕は何故、しばしば伯母の別荘を訪れたのだらうか？　僕と伯母の間には格別、とり立てた話題とてなかつた。妙なことであるが年をとるにつれて僕は伯母と口をきかなくなつた。

南に面して窓のある茶の間の、囲炉裏の傍に寝そべつて僕は本を読むことが多かつた。「ナポレオンの愛した女たち」とか、秘書の書いたアナトオル・フランスの逸話集とか、普段なら読まない方をもつていつて読んだのを憶えてゐる。

――あなたが、と伯母の声がする。いつまでも私を忘れないで来て下さるから、とても嬉しいのよ。

僕は眼をあげる。その伯母の顔は妙に淋しい。僕はそれに応ずる何か言葉を口にせねばなるまい、と考へる。が、意外にも黙つて本の続きに眼を走らせてゐたりした。さうでなければ、立ち上ると別に一棟造つた小さな物置用の小屋に這入つて行き、籐椅子に凭れて本を読みつづけるか、あるいは明かるく陽のさし込む窓辺――その別荘で一番明かるいのが、物置であつた――に坐つて、うつらうつら、物想ひにふけつたりした。そこの棚の上にはボルドオの紅白の葡萄酒の這入つた籠とか、緑色のペパアミントの瓶が埃にまみれてのつてゐた。それを見ると、こいつはせしめねばならぬ、と思ふ。が、小屋を出るころには忘れてしまつてゐるのであつた。

何れにせよ、角帽をもつて訪れたその晩春の数日は、僕にとつて愉快な時であつた。あの大柄な、僕に不埒な悪戯をしかけた女中は、再び嫁に行き、別荘には耳の遠い肥つた色白の、謂はば、ポツチヤリした女中が働いてゐた。彼女は女学校を出たばかりで、よくヘマをやつた。が、耳が遠いから伯母が叱言《こごと》をいつても充分彼女の耳には這入らない。頗る平和な微笑を浮かべて

——ほんとに相すみません。

と、妙なときに何遍も繰返したりした。

僕が長椅子に坐つてゐると、伯母がやつて来ていつた。

——ホラ、きこえるでせう？　ねえやが歌をうたつてゐるのよ。面白いわね。耳が遠いのに、歌は上手なのね……

さういつて伯母はくすくす笑つた。

――お茶にしませうね?

――ええ。

茶の間に這入ると伯母は台所に声をかけた。

――ねえや、歌、ききましたよ。

――はい。

すると戸が開いて、女中は閾《しきい》に手をついて用件を訊くのであつた。茶の間の窓からは、藁屋根が二つと、青く低い山が見えた。森閑とした裡に、山で木を伐る音が遠くこだましてきこえた。

爺やが茶の間に這入つて来た。

――市助がお花畑を見て頂きたい、と申してをりますが、へい。

爺やは茶を一杯押しいただいてのむと出ていつた。

――あなたの植ゑた竹が。

と伯母はいひ出した。幾度、僕はこの伯母の言葉をきいたことであらうか。

――屋根の庇にあたつて音を立てるのよ。もう庇よりずつと高くなつたわね。

僕は立上ると裏庭に面した廊下へ出ていつた。竹は依然細かつた。が、屋根より高いほどになつてゐた。僕は突然想ひ出した。

——あのひとはどうしたんです？　ホラ、三味線をひいた、顔の長い女のひと……

——お師匠さん？　死にましたよ。いつだつたかしら……もう覚えてゐないけれど。あのひとに子供がゐてね……

——ふうん。

が、茲で僕はちよつと吃驚した。

——ええ。伯母は微笑した。こんなこと話すつもりぢやなかつたけれど……いいえ、伯父さんの子供がゐてね。その子供が、死んだのを教へに来てくれたのよ。十二三の可愛い男の子でしたよ。

伯母の声には、遠い昔の話、といつた調子しかなかつた。僕は顔の長い女のひとを思ひ浮かべた。また、燦然と輝いた金歯を。すると、蓼喰ふ虫も好き好き、といふ文句を想ひ出した。茶の間に戻つてビスケツトを齧つてゐると——尤も齧りながらいまの伯母の言葉からいろいろ聯想を働かせてゐると、そこへ爺やが小柄な眼の大きな男をつれて這入つて来た。

――市助よ。と伯母がいつた。山でお花をつくつてゐるの。ヨシを覚えてゐなくて？　伯父さまのゐらしたころ本宅で使つてゐた女中がゐたでせう？　あのひとの旦那さん。

市助は笑顔を畳にすりつけた。僕はその大仰な礼に呆気にとられてお辞儀をした。市助は耳の背後を掻きながら、そはそは落つかぬ風情である。茶を出されると大袈裟に辞退した。が結局ひとくちのむと、故意とらしく改まつて是非お花畑を見てくれ、といつた。さういひながらも彼の視線は僕から伯母に、伯母から爺やに、とくるくる走りつづけた。――僕は軽い不安を感じた。どうやらこの男のために、僕の知つてゐる静かな別荘の空気が変へられてしまふのではあるまいか、と。

――市助はとてもよく働くのよ、ねえ、爺や。伯母がいつた。それには空虚な響があつた。爺やは黙つて点頭くと、伯母の言葉に――いいえ、滅相もない。と応じてゐる市助には無頓着に僕に話しかけた。

――大学はむづかしい学問を勉強するのでございませうな。花のことなんぞも勉強されますかな？

――花？　そんなことは習はない。

僕は苦笑した。僕は爺やの瘤を——といふのは彼は横向きに見えるので——見ながら過去の頁の幾枚かを繰つたりした。それらはいづれも愉快ななつかしい頁である。その記憶の書物に書かれてゐる爺やは、ただ白髪が増したばかりでいまも尠しも変つてゐない。

——へえ、さやうで。わしらにはとんと見当がつきませんで。

——大分伐つてをりますな。市助が首を傾げた。

——いま、どこを伐つてるの？

——へえ。爺やがいつた。あの池の上の方の山でして……昨日いつてみましたが、いい炭が焼けさうでございました。

僕は不図、市助の指に銀色の指輪が嵌つてゐるのに気がついた。

翌日、僕たちは爺やの案内で花畑のある山に登つていつた。低い山である。が、径のところどころに、丸太のベンチがおいてあつた。僕が以前その山に登つたころは栗林があつて、秋、枯れた葉ごしに、チラリと動く栗鼠《りす》の姿が見えたりした。が、もう栗林はなかつた。

——伐つたんだね。

——へえ。ろくな実がなりませんで。

爺やは両手を背後に組み、徐《ゆっ》くり登つた。伯母は爺やに伐つて貰つた枝を杖に登つて行く。僕たちの頭上には晩春の、濃く烟りあがるやうな碧空があつた。風が汗ばんでくる肌に気持よかつた。登るにつれ、山波の彼方に一点、掌ほどの海が見えた。海は銀色に鈍く光つてゐた。

――海が見えるんだね。

僕はいつた。何故か、トムスンの「雛菊」の冒頭の一聯を想ひ出しながら。

――へえ。爺やも海の方を見て眼を細めた。栗林を伐りましたのでな。

頂上に辿りつくと僕たちは花畑の方に歩いていつた。ゆるやかな傾斜をなした頂上一帯が花畑になつてゐた。声をききつけたらしく百合畑から麦藁帽子が覗いた。と、すぐ市助の白い歯が現はれた。伯母は一本の巨きな木の下に白布をのべ、ささやかな食卓の用意をしてゐた。爺やはその傍でどう手伝つていいか判らず困つてゐるらしかつた。

僕は市助と二人、花畑に這入つていつた。市助は大きな眼でチラチラ僕を見ながらいつた。

――ぢや、一応、御説明申し上げませう。

僕たちは鈴蘭畑を通りすぎた。

――これはフロックでございます。市助が始めた。このフロックにも二種類ございまして、スタア・フロック、つまり花弁が星形に咲きますのと、ドラモンデイと申しまして丸いのとございます。これはそのドラモンデイの方で、ホラ、あの右手にございます、あれがスタア・フロックでございます。次は、これはアイリス、イングリツシユ・アイリス、と申します。次のはゴオルドン……

花畑は僕の予期に反して相当広かつた。のみならず、花の種類が多すぎた。僕は次第に市助の説明が面倒になつて来た。マリイ。グラヂオラス。ヒヤシンス。矢車草。パンジイ。フリイジヤ。etc. etc. それのみか百合だけでも何十種類かある、といつた。曰く、朝鮮姫。鉄砲。鬼。鬼姫。重代《ぢゆうだい》。カノコ……

――もういいよ、説明して貰つても判らない。

僕がさういふと市助は笑つた。得意らしかつた。僕は想ひ出した。昨夜伯母の話した言葉を。かなりの額の金を本宅から巧みにひき出して、花畑を始めた、といふのを。それには、多分に伯母の感情も混合してゐるらしかつた。が、僕の眼前にゐる、黄色い麦藁帽子を被つた市助は何か愉快さうであつた。花畑にゐる彼は栗鼠に似てゐた。

――では、失礼いたします。

市助はチョコチョコ百合畑に這入つていつた。背の高い百合畑に彼が蹲《かが》むと、もう帽子も見えなくなつた。僕は安心して花畑を歩きまはつた。三色菫が風に舞ふ。――これは貿易王朝の舞踏会。尤も、むろん見たことはないが。アネモネ。――この紅の底が知れない。見詰めると紅の涯知れず、自分を見失ひさうになる。アドニスの流した血潮。その幽かな香と同じ程度に感ずる狂気。……

やがて、僕たちは草の上に腰を降すと持参したパンにチイズをはさんで食べた。伯母は愉しさうであつた。市助は泥のついた手を上衣でこすると、手の甲にパンをのせて食べた。その恰好も栗鼠を思はせた。

――この花を、市助はいつた。東京や横浜の花屋におろしますので、はい。おひおひ、うまくいくつもりでございます。

――大旦那様と始めて、爺やがいつた。この山を歩いた時分には……

が、いひかけて口を噤んだ。伯母は林檎の皮を剝きながら呟いた。

――ほんとに、旦那様が生きてゐらつしやつたらね。

——へえ、へえ。

爺やは小さくなつて恐縮した。

——こんど、市助がいつた。本宅の皆様が花畑を御覧にお出でなさるさうで。

——さう？　私はちつとも知らないわ。をかしいわね。市助にさういつたの？

——はい。でも日にちまで決まつたわけではございませんので、はい。

彼は軽く咳をして立ち上ると呟いた。

——ええと、百合とそれから……

——市助、もう少しおあがんなさいな。折角もつて来たのに。

——いいえ、滅相もない、はい、もう充分頂きました。

彼は花畑に戻つていつた。伯母はちよつと悲しさうな顔になつた。が、すぐこんなことをいつた。

——花の香を嗅いでゐると、お腹が減らないのね、きつと。

一羽の鳶が高く輪を描いて飛んでゐた。僕はポケットに入れた青く錆びた古銭を——花畑の中央の岩の上にのせてあつたものである。と、すると昔もこの山を歩いた何者かがあつたと推定出来る——宙に抛げた。烟り上る空に上つた、と見えたがあとはもう判らなかつた。

電報を受けとつて急いで行つたとき、既に伯母は意識を喪つてゐた。病室——客間が病室であつた——に這入ると寝てゐる伯母は何やらフニヤフニヤいひながら僕を見た。そこで僕が、お辞儀をして顔をあげたところ、伯母はいつのまにか天井をあちこち眺めてゐた。枕元に看護婦が二人ゐて、矢鱈に注射をうつてゐた。室は仄暗かつた。風の強い冬の日の午後も大分遅かつた。裏の竹林がざわめいてゐた。それは、花畑にいつた年の暮近いころであつた。養子夫婦とか従姉たちとか、その他、何だか得体の知れぬ男や女がゐて、僕は勝手が狂つた。あちこちに話声がきこえ、人の歩く音が絶えなかつた。爺やは、廊下に立つてゐたが、ときをり往つたり来たりして、また立ちどまつたりしてゐた。

——爺や、茶の間に来ないか？

——へえ。

が、彼は相変らず熊のやうに往つたり来たりしてゐた。僕は茶の間に坐つて窓から風の強い戸外の風景を眺めてゐた。まもなく日も暮れるらしかつた。台所から従姉たちの声がきこえた。

——……ショパンよ。

——あ、さうか、知つてるわ。

何がショパンなのだらう、が、僕は別に矛盾めいたものは感じなかつた。するとすぐ、鼻声で別れの曲、として知られてゐるメロディを歌ひ出した。

——うん、大負けさ。養子、つまり僕の義理の従兄がいつた。

——へえ、社長さんが大負けぢやあ……奴さん、よつぽどついてゐたんですな。

肥つた頭の禿げた男がいつた。台所の外の垣根の近くで、耳の遠い女中が一人の初老の女と立話をしてゐた。女は女中の耳に口を近づけて話してゐた。女中はその間、始終、赤くふくれた両手をこすりながら笑つてゐた。

——あれ、誰？

這入つて来た従姉の一人に僕は訊いた。彼女は窓の外を見るといつた。

——ああ、ねえやのお母さんよ。お手伝ひに来てくれたんですつて……うん、さうさう、ケンちやん、こなひだ銀座で拝見してよ。

――ふうん。

――いやね。あんなに酔つぱらつて。

――さうかな。

僕はよく想ひ出せなかつた。

――第一回の食事は誰と誰、第二回は誰……

従姉の一人が――それは従兄の妻君、つまり僕の義理の従姉である――台所で指図してゐる声がきこえた。医者が来て、すぐ帰つた。注射で死の時期を延ばしてゐるだけのことにすぎなかつた。一同揃つて死ぬのを待つてゐるだけのことであつた。モオパスサンに、そんな作品があつたけれど……と僕は考へたがはつきり浮かばなかつた。

夜、僕は伯母の居間で、布団に潜り込んでゐた。が、睡れなかつた。僕の耳に、庇にふれて竹の鳴る音が間断なくきこえた。竹は屋根より高くなつてゐた。が、相変らず細かつた。栄養不良らしく葉の色も悪かつた。

――あなたの植ゑた竹が……

僕は伯母の言葉を想ひ出した。灯を消した真暗な部屋のなかで、僕は戸外の風の音に耳をすましてゐた。

——ねえや、ねえや。

従姉のよぶ声が病室の方できこえた。つづいて廊下を足音が近づいて来た。——耳が遠いと困つちやうな、といひながら。足音は僕のゐる部屋の前でとまつた。

——ケンちやんは、ここだつたかしら。

独言をいつて襖戸を開いた。

——真暗だわ。寝てるのかしら？　もしもし、ねえ。

僕は黙つて従姉の黒い影絵を見てゐた。黒い姿は部屋に這入るとパチリとスヰッチをひねつた。途端に僕は起き直つた。

——何だい？

従姉は奇声を発して跳び上つた。

——莫迦ね、何て……そんな場合ぢやなくてよ、病室にゐらしてよ、早く。ついでにねえやもよんで来て頂戴。

さういふと、廊下を走つていつてしまつた。僕は女中部屋にいくと女中をよび、病室にいつた。病室にはずらりと人が寝床を三方から取囲んでゐた。電話のベルが、何度も鳴つた。交換手が仲仲出ないらしかつた。伯母はもう呼吸もをさまり、虚ろな眼でキョロキョロ見廻すこともしなかつた。僕たちは伯母の唇を交互に水で濡らした。やがて両方から伯母の手の脈を見てゐた二人の看護婦が、顔を見合はせると揃つて一礼した。

——御臨終でございます。

——只今、一時二十三分でございます。

時計をもつてゐる連中は何れも自分の時計を眺めた。

翌日は風のない穏やかな日であつた。僕は下駄をつつかけると高い赤土の崖ぞひに路へ出ていつた。白い鶏が三四羽、餌をあさつてゐた。切株ばかり並んだ水のない田。あちこちに見える裸の樹立。山の上の空は澄み切つた碧であつた。

路の少しいつたところに葬儀車が駐まつてゐた。ここで簡単な式をすまし灰にして、あとから本宅で本葬をやることになつてゐた。運転台には運転手らしい男が坐つて新聞をよんでゐた。彼はときをり眼をあげて僕を見た。

——坊ちやま。およびでございます。と、爺やが僕に近づいていつた。僕らは家の方に戻りかけた。

——爺や、元気でゐろよ。僕はいつた。多分僕はもう二度と別荘には来ないだらうから、と僕はいはうと思つたが口には出さなかつた。

——へえ。すつかり気が抜けて……あとは何やらブツブツ呟いた。山から、花の這入つた籠を抱へて市助が戻つて来た。

——生憎いい花がない時期でして……

葉ばかりのやうな、ちつぽけな暗赤色の花のついたのが多かつた。彼は別に、春のときのやうに説明しようとはいはなかつた。それらの花は棺に入れるものであつた。——お先に市助は僕たちを追ひ抜いて、小刻みの速足で歩いていつた。僕は晩春の一日の、花畑への小ピクニックを想ひ出した。振返ると花畑のあると覚しき山は頂辺りに冬の陽差しを浴びて静かに、一連の山山の起伏に連つてゐた。

——うん。僕は多少の悪戯気分でいつた。僕の植ゑた竹を少し伐つて棺のなかに入れようか？

――へえ。爺やは半信半疑らしい顔で僕を見た。がその顔には、ちよつと頬が緩んだ気配があつた。別荘がどうなるか、それは僕の知つたことではなかつた。が、いつも仄暗く冷えとした空気の流れてゐるらしく思はれる別荘も、今は僕の記憶の裡にのみ存在することになるらしかつた。漂泊する僕の心が休息しに戻つて行く港が一つ喪はれた、と僕は感じた。が、訪れなくなつても――と僕は考へた。僕の植ゑた竹は、かつて伯母の居間であつた窓辺に立つて庇にふれて鳴ることであらう、と。

――あたし、これで二度目よ。玄関傍の陽溜りで看護婦が話してゐた。

――ぢや、しばらく家に帰つた方がいいわ。三度目は身内から招くつていふから。

――さうね。

看護した病人が死ぬことが二度重なると、三度目は自分の身内が死ぬ、といふ迷信らしかつた。二人共、かなり綺麗な顔をしてゐた。が、一人は頸に手術の傷跡があつた。

納棺すると、僕たちは市助がとつて来た花を交互に伯母の四囲に投げ入れた。

――出来るだけの手段はつくしたんだが、と従兄は僕に話しかけた。彼は二つの会社の経営者で僕と二十以上も年が違つた。彼は弁解らしい調子で話しつづけた。

——まあ、現在医学で出来る限りのことは試みたと医者もいつてるし、それに……

が、僕はそんな話はききたくなかつた。花を入れる最後の方になつて、爺やが出て来た。僕は瞬間、背筋が痺れるやうな気がした。彼は細い竹の枝を数本手にもつてゐて、それを伯母の足元の方に丁寧に入れた。一同は、幾らか呆気にとられて爺やの顔を見た。が、爺やは鹿爪らしい顔で一礼すると、チラと僕の方を見て引き退つた。

——爺や、と僕は呼びかけた。むろん、心のなかで。が、その呼びかけはあとがつづかなかつた。何故なら、僕の内心には、理由のない微笑と涙が溢れてしまつたから。

忘れられた人

僕が一平叔父を最後に見たのは、戦争の終る一ヶ月ばかり前のことである。千曲川沿ひに走る小海線の一小駅で下車し、十五分ほど上つたところに僕の伯母の家がある。十五分の道の十分ばかりは片側に桜の木の立ち並ぶ九十九折《つづらをり》の坂道である。しかし、僕の行つたときは——といふのは戦争の終る一ヶ月ばかり前であるが——むろん花はなく、葉を微かに動かしてゐる桜並木ごし千曲川が光つてゐるばかりであつた。

ついて見ると伯父は不在らしく、伯母は布団を敷いて寝てゐた。縁に立つた僕をひよいと振向き、しよぼしよぼした眼で上眼づかひに僕を睨みつけて

——おう、来たかや。

と伯母はいつた。しかし、僕は来ることを前もつて通知してゐたわけではない。

――ええ。ちよつと荷物の整理に。病気なの？

――はあ、下腹が痛んでな。盲腸炎かもしれないと思つてるだが……

――盲腸炎？

些か驚いて、僕は伯母を見た。ところが、盲腸炎患者は何を思つたのか、のこのこ起き上つた。

――起きちやいけないな。そりや。

――なあに、いつも起きるだに。

見てゐると後架へ行くのである。そこへ、伯母の娘、つまり僕の従妹が外から帰つて来て顔を出した。

――盲腸炎のくせに起きるなんて乱棒だな、ずゐぶん。

――なにさ。自分一人でさう思つてるだけだに。

と、とんと同情がない。医者は隔日に診察にくる。が、盲腸炎といつたことは一度もない。ところが最近、東京から近くに疎開して来た若い細君が、下腹が痛むのは盲腸炎かもしれない、といつたのを、伯母がきき憶えたといふだけの話らしい。

そこへ伯母が戻つて来ると、僕と従妹を交互に睨みつけて、何をいふか、といふ顔で床に入つた。それからちよつと空襲の話になる。しかし、前に荷物疎開で来たとき話したことがあるから、さう同じことばかりも話してゐられない。それにもう当時は空襲なぞ、さまでとり立てて云云する話題とは思へない。しかし、伯母は盛んに訊きたがる。それをいい加減に切上げて奥へ行つて荷物の整理をしてゐると、自称盲腸炎患者の大きな話声がきこえて来た。近所の農夫の細君でも見舞に来たと見える。いま僕のいつたことをそのまま、恰かも自分が体験者ででもあるかのやうに話してゐる。

——爆弾の落ちるときや、そりや怖いだに。まるで汽車が走るやうな音がするだに。

——さうですかなあ。

と、相手は頻りに感心してゐる。すると、台所と覚しき辺りで、従妹が大声に注釈を加へる声がした。

——なあに、いま東京のお客さんがいつたばかりの話だに。

伯母にとつて、これは余計なお節介といふべきだつたらう。何やら、不満らしい声がする。しかし、僕が整理を終つたころはひつそり閑と静まつてゐた。出て行くと、どうやら伯母は眠つてゐるらしかつた。僕は縁の柱に凭れ、柿や桑の葉に戯れる陽差しを眺めながら煙草をふかした。縁の柱に凭れて見渡すかぎり、戦争はどこにもない。もし、将来といふ大きな不安に対して目を閉すなら、尠くとも茲には不安はない。僕の神経は疲れてゐる。

——せめてこのひととき、ささやかな秩序と静穏の裡にわれを憩はしめよ。

といつた気持で縁に坐つてゐると、たちまち、その秩序と静穏が破られた。眠つてゐると思つた伯母が大声を出したのである。

——もうすんだだかいや？　うん、簞笥の上に面白い本があるに。お前みたいなもんには、きつと面白い筈だに。

お前みたいなもん、といはれて僕は少少恐縮する。しかし、伯母の家にある本なら、昔、旅行の途次たちよつたとき読んだり、この前に荷物疎開で来たとき読んだりして、殆ど拝見ずみである。国定忠治が猿橋から川にとびこんだ、なぞといふことまでよく憶えてゐる。のみならず、のちに猿橋辺を通つたとき仔細あり気に観察して、あの講談はどうもリヤリズムに反する、と考へたことさへある。だから、伯母にさういはれても、動く気にならない。が、何やら背後で動く気配がする。振返ると伯母が半身を起こして僕を睨んでいつた。

――この先に疎開して来た東京のひとがくれた本でな。ほれ、そこの……

と、うつかりすると立ち上り兼ねない模様である。僕はやむを得ず立ち上つて簞笥の上の本をとつた。大きな本が二冊で、世界風俗地理体系とかいふ本のフランス、並びにドイツ篇であつた。妙な本をくれる疎開者もあるものである。

――面白いずら？

まだ開けてもみないのに、伯母はさういつた。開いてみると写真が沢山ある。

――うん、面白さうだな。

戦争で、遠く離れてしまつたものに、久し振りに出会したやうな気もする。縁に坐つて厚い頁を翻へし、写真だけ見て行く。ヴエルサイユ宮殿、パリの下町、美しい並木路がつづく、かと思ふとマルセイユの港。次には好人物らしい農民夫婦。別の一冊を覗くと、ライン河畔の古城。ウンタア・デン・リンデンのカフエ。潑剌とした娘たち、とか、エトセトラ、エトセトラ。

――ところで、ウンタア・デン・リンデンも今度の戦争で全滅したといはれるが……

と僕は考へる。その本はかなり前に出版されたものである。写真はむろん、それより遙かに古いものであらう。パリのキヤフエに憩ふ市民たちは、リンデンの植わつた街路の椅子に飲物片手に歓談する連中は、泥棒詩人のいひ草ではないが、いま何処に在りや。大きな眼を剝いて写つてゐる鼻垂小僧は、どこかの戦線で死んだかもしれない。フランス代表の美人として濃艶な微笑を送つてくる女性も、いまごろは皺だらけの梅干婆さんといふところであらう。

——さういへば……

と僕は想ひ出す。現に盲腸炎と自称するこの伯母も、昔は村随一の美人で、何とか小町とうたはれたさうである。まことに、判らぬものである、と、とりとめなく考へてゐると伯母がいつた。

——面白くないかや?

——いいえ、面白い。

——ふん、そりやよかつた。

なほも頁をくつて、物思ひにふけつてゐると、庭に足音がきこえた。眼を上げると、一平叔父が、誰だらう、といつた面持で僕を見ながら歩いてくるのが見えた。僕がちよつと会釈すると、近づいて来た一平叔父は、ふふふ、と笑つていつた。

——なんだ。誰かと思つたよ。何の用事で来たの？

昔は一平叔父は角力の年寄のやうであつた。昔は——十年近く前であるが、二十貫以上はあつた。ところが莫迦に痩せてしまつた。無精髭の生えた頬の皮はたるみ、手足も萎びて皮膚がたるんでゐる。空気の抜けたアドバルウンといつた恰好である。セルの着物に羽織を重ね、片手に洋傘を携へ、縁側に立つてなかを覗きこみ、

——今日は。

といつた。

——ああ、来たかや。

と伯母が応ずるときは、もう枕元に坐つてゐる。

——どしただいや？　夜と昼とまちがへただかい？

——莫迦いふもんぢやないだ。下腹が痛くてな、盲腸炎かもしれんと……

——盲腸炎？　なにが盲腸炎のもんか。莫迦いつてら。

一平叔父は全然、盲腸炎など眼中にない。それから、伯母と何やら話を始めた。僕はまた

本を覗く。しかし、ふと気がつくと一平叔父は、伯母に叱言をいはれてゐるらしい。つまらなさうにたるんだ頬の皮をつまんだりして聴いてゐる。

——お前がしつかりしないからいけないだ。へえ、こなひだも……

——しつかりしてるんだに。

叔父が抗議する。

——なにがしつかりしてるだ。ちつとは気をつけた方がいいだ。

五十を越した叔父は、ときどき、眼をパチクリさせたり、天井を振り仰いだり、近くの蠅を追つたりしてゐる。かと思ふと伯母の話はそつちのけで突然僕に話しかける。

——今日は何の用事で来たの？

——荷物の整理に……

——ほう。東京はたいへんだらうね。

しかし、伯母の話が三四分もつづくと、また僕にいふ。

——今日は何で来たの？

伯母は一平叔父を睨みつけると、僕にいつた。

――へえ、いちいち答へることはゐらないだに。まともに話すことはないだ。何遍いっても忘れるだから。

さういはれても一平叔父は眼をパチクリさせて、別に気を悪くしてゐる風情も見えない。僕が十年近く前、旅情に誘はれて千曲川畔に来たころ、叔父の、何でも忘れる、といふ奇妙な病気は既に始まつてゐたものの、さまでひどくはなかつた。田舎新聞の仕事もやつてゐられたほどだから。そのころは、でつぷり肥つてゐた。しかし、いまは新聞社も潰れ、一平叔父は風狂の徒のやうである。そのころなら、さしづめ今頃は上等の夏服を着こんで、汗を拭ひながら、鷹揚にかまへてゐた筈である。僅か十年に足らぬ歳月がすぎ去つたにすぎないが、時の変改に驚いて一栄一落是春秋、と呟いても、もはや始まらない。

まさか、伯母の叱言をききに来たわけでもあるまい、と思ふが、別に叔父は用事があるらしくも見えない。そのうちに、伯母も叱言をいふ張合がなくなつたのか、疲れたのか、黙つてしまつた。すると、叔父はひよいと立ち上つて庭に出ていつた。その後姿を見送つて伯母は僕にいつた。

――へえ、一平にはみんなが泣いてゐるだに。ほんたうに。

——癒らないのかな？

——はあ、なほらないだ。

何でも有名な医者に——尤も僕は知らないが——診せたが駄目だつたさうである。叔父は、何やら考へてゐる恰好で庭を歩いてゐる。落ちた小さな青柿を拾つて、眺めたりする。

——ときどきくるの？

——ああ、ときたまくるだ。何にも用事がないでな。来るとうちで御飯たべて行くだ。いまは、一平のうちも食糧不足で困つてるだからな。それでも幾らかは助かるつちふもんさ。

一平叔父は庭の片隅にしやがみこんで、一心に地面を見つめてゐる。蟻が喧嘩してゐるのかもしれない。

——へえ、もうすつかり駄目になつただ。

と伯母はいふ。

——小林の家も一平でおしまひになつたといふもんさ。あの村で苗字帯刀を許されたのはうちだけだつたもんだに……へえ、殿様も泊まられただ。それがもう……

と、頗る古いことをいつて、しよぼしよぼした眼を手の甲でこする。まさか、泣いたのではあるまい、と思ふが妙に気にかかる。叔父は、と見ると依然、地面を眺めてゐる。昔、僕が母からきいた話によると、一平叔父は神童といはれたさうである。尤も、小学校では級長だつたと聞いてゐると大抵の人間がさういふから、この神童も危いものである。しかし、よしんばそれが事実としても、いまはそんな伝説の俤《おもかげ》を伝へるものは何ひとつ残つてゐない。

――しかし……

と僕は考へる。昔、僕が旅情にかられて訪れた千曲川畔には夢があつた。都会の汚れた街を彷徨し疲れた僕の脳裡に浮かぶ千曲川畔は、他の幾つかの場所と同様、僕に、夢を抱かせた。それから旅に出る。僕はエトランゼのやうに眼に映るものを眺め、僕に親しいものでありながら、なほかつ全く僕から離れて存在しつづけてゐる、といふことを考へて孤独を覚える。そこには、幾らかの苦痛と、幾らかの甘い酔心地がある。それを僕は愛した。しかし、何故かしらない。僕の夢は知らぬまに消え失せた。あるいは、荷物疎開などといふ、殺風景な、しかし、必要な用事で二度三度と訪れる裡に消え失せたのかもしれない。否、要約すれば、ただ戦争のためといへるかもしれない。しかし、おお憂鬱なワルツ、そしてものうい眩暈……廃墟と化した都会を、いま僕はなつかしんでゐる。……

――へえ、今日かへるだかい？

――ええ。忙しいから。

――へえ、死なないやうにするがいいだ。死んぢや駄目だぞよ。

と、伯母は無理なことをいつた。

――それでも、ちよつと暇があつたら、一平の家にも寄つてやるがいいだ。だけんど、きつと驚くだに。すつかり荒れちまつてな。ほんとなら東京から来たお前に、あんなうち見せたかないだ。でも、ちよつと寄つてくがいいだ、おキクも気がすむだから……

おキクといふのは一平叔父の細君である。

といふわけで、僕は昼食をすますと、一平叔父と連立つて、その家に行くことにした。尤もそのとき、帰つて来て一緒に昼食をとつた叔父はかういつた。

――無理に寄らんでもいいだらう。

僕らは――といつても叔父の提案であるが――小海線で二駅の間、約一里半の道を、歩いて行くことにした。叔父は古ぼけた洋傘を片手に、とことこ歩いて行く。早い。昔、僕はまだ小学生のころ、一平叔父につれられて千曲川畔に来たことがある。そのとき、叔父はステツキなぞついて悠長に歩き、僕はもどかしくて仕方がなかつた記憶がある。

——汽車のアイスクリイムなんて、ケチなもんだよ。

僕がアイスクリイムを買はうといつたら、叔父は三角の経木に這入つた氷のブツカキを買つてくれた。そのとき、僕の氷が溶けて、叔父の白靴に点点と落ち、汚点をつくつたところ、叔父はいつた。

——やつぱりアイスクリイムの方がいいかな。

しかし、いま一平叔父は飄飄と風の如く歩み、桑畑にさしかかると赤い実をひよいとつまんで口に入れた。路は小さな部落を抜けたり、ちつぽけな水田と低い山の間を通つたりする。白く乾いて、埃が立ち昇る。陽はさすが、風があるからさほど暑いとも思はない。

——その傘は陽除けでせう？

——この傘？

一平叔父は、また桑畑があつたので桑の実をとりながら振返つた。

——イギリスの紳士はいつでも傘をもつてるぢやないか。

成程、と僕は恐れ入つて二の句がつげなかつた。叔父は眼をパチクリさせて、ちよつと笑つた。そのとき、僕は子供のころ読んだロビン・フッド物語に出てくる、ロビン・フッド一味の生臭坊主を想ひ出した。生憎、名前は記憶にない。何故そんな坊主を想ひ出したのかよく判らない。あるいはその坊主の小さな眼がクリクリ悪戯らしく動いた、とでもいふ表現があつたのかもしれない。

しかし、この萎びたアドバルウンのやうな自称イギリス紳士は、下駄を穿いた足に白く埃を被らせ、立ちどまると、紳士らしくもなく、立小便をやり出した。それから歩き出すのかと思つたら、

——蕗でもとつて行かう。

といふ。見てゐてもつまらぬから、僕も手伝ふ。むろん、これは叔父の食糧獲得の一手段であらう。しかし、叔父は昔から決して畑はやらなかつた。やる必要もなかつたわけである。いまもやらない、と伯母が先刻いつて不服らしい顔をした。それは、僕の知つたことではない。しかし、蕗をとる叔父を見ると何やら淋しい気がする。また僕に淋しい、といふ気を起こさせるだけ、一平叔父も、本人は知らず第三者には、寂しい人と思はれる存在になつてしまつたと考へる。

——有がたう。

僕が蕗を渡すと、一平叔父は自分のと一緒に手拭でしばつた。それから、片手に洋傘、片手に蕗をもつて歩き出した。ところがある部落を通るとき、叔父を見た女子供が、くすくす笑つた。僕は一平叔父のために、些か、義憤を覚えぬこともなかつたが、叔父は、とんと気にせず、暢気な顔で歩いて行く。しかし、客観的に見た場合、女子供が笑ふのもまたやむを得まい。どうも一平叔父には、何やら、少少アブノオマルの印象をひとに与へるものがある。別に、これと指摘し得るものではなくて、どうやらそんな雰囲気を身につけてゐる。

——東京も変つたらうね。

——ええ。

——もう、十年以上も出ないから。

僕が変つたといふのと、叔父の変つたといふのは大分食ひちがひがある。どうやら、叔父には戦争なぞ、たいした問題ではないのではないのかと疑はれる。空襲にしても、

——ずゐぶん、あつちの飛行機が来るつてね。

と片端けて他には何もいはない。

——本はどうしました?

叔父の書斎には、三方に造りつけの書棚があつて本が一杯つまつてゐた。それを想ひ出したから訊いてみると、

——ああ、あれは上田の本屋が来て、みんな持つていつてしまつてね。

といふ返答である。

——紹介状をもつて来てね、是非に、といつてもつていつた。

——全部?

——うん、殆ど全部だね。

叔父は僕と話すとき、標準語を用ゐるのである。僕は叔父が、そんな取引を忘れないで話せるのを不思議に思ふ。何でも忘れるといふが、ちやんと憶えてゐることもある。ずゐぶん、厄介な病気である。

——金はあとで計算してよこすといつたがまだくれないよ、本なんて安いだらうね、どうせ。

——いや、さうでもないな。そのお金、早く貰つた方がいいでせう。

――さうだね。

しかし、この、さうだね、はまことに頼りのない調子であつた。すると叔父は、ふふふ、と笑つていつた。

――本も、もう読まんからね。

僕はその言葉にちよつと間誤ついた。だから、何ともいはなかつた。

――藤村や秋声は死んだね。

――ええ。

――いまの文壇の大先輩といふと誰なのかね？

僕がある老大家の名前をいふと、叔父は眼をパチクリさせて僕を見た。

――へえ、あのひとはまだ生きてゐたのかい。

遠く見えてゐた千曲川の堤が近くなり、川の大きな石の上に裸の子供が寝そべつてゐるのが見える辺までくると、僕の記憶が甦つて来た。僕もかつてはその川で泳いだことがある。

――もう近いでせう？

――ああ、もうすぐだ。今夜、泊まつて行くかい？

——いや、忙しいから……

大きな柿の木が塀ごし、路の上に枝をさしのべてゐる家が眼に這入る。十年近い歳月を経て、再びその家を見たわけである。——かくてわれら再び結ばれたり、といつたある小説の一行が甦へるやうな気持である。しかし、門を這入つて僕は驚いた。三径《さんけい》は荒《こう》に就いて、松《しょう》菊《きく》は猶存《なほそん》せり、と詠じたのは五柳先生である。その通り、松菊は猶存してゐるが、庭は荒れに荒れ、雑草が丈高く生ひ茂つてゐる。この分では蚊を相当養つてゐるにちがひない。

破れ障子の破れ目から覗いた眼が消えると、

——おい誰か来たぞ、父さんと。

——うそこくな。

と別な声がしてまた眼が覗くと、

——あれつ。誰だいや。

と子供の問答である。片手に洋傘、片手に菸をもつた自称イギリス紳士は、

——母さん、ゐるかや？

と訊いた。訊きながら下駄をポンと捨て、破れ障子をビリビリと開いて這入る。

——まただよ。今日は母さん、おナホをばさんとこさ行つたの忘れただか、いやだなあ、おいら、知んねえよつと。

——晩まで帰つて来ねえつていつただによ、なあ、おい。

——ふうん。

一平叔父は暫し、憮然としてたるんだ顎の辺を撫でてゐる。

田園は将に蕪《あ》れんとす、どころではない。既に荒蕪の極に達してゐる風情である。苔むした石燈籠も草にかくれて見えない。否、その存在さへ疑はしい。叔父は洋傘を畳の上におくといつた。

——お上り。

障子には、赤い包のついたパラフィン紙のやうなものが張つてある。だから、開閉のたびにビリビリと鳴るのである。子供のころ、丸い筒を二つ作り、それにパラフィン紙を張り糸で連結して、電話だといつて遊んだ記憶がある。

——お客さんだよ。お茶もつてこい。

——あれつ、威張つてるだあ。なあ。

――うん。おら、知んねえよつ。

十二三と十一二の我子の前でも、叔父は親爺の威信を失つてゐると見える。叔母がゐなければ仕方がない。早く帰らう、と僕は考へる。坐つてゐると、夏なのに、恰かも冬のやうにさむざむとしたものを覚える。畳は――いや、畳といはず、襖にせよ、障子にせよ、壁にせよ、破れてゐないものはない。しかし、僕に荒涼たる気持を覚えさせるのは、そのやうな外的条件とは異つた何ものかである。

――へえ、もうすつかり駄目だ。小林の家も一平でおしまひになつたといふもんさ。

と、いつて伯母は手の甲で眼を拭つた。が、あれは眼が悪いばかりでなく、本当に泣いたのかもしれない、と僕は改めて考へる。しかし、当の一平叔父は、

――母さん、どこへ行つただい？

と子供に訊いてゐる。

――おら、知んねえ。へえ、知つててもいはねえだ。

と、子供は相手にならない。しかし、パチパチと燃える音がして、襖の破れから烟が侵入してくるところを見ると、子供は父親の命令どほり、湯でも沸かしてゐるらしい。僕には見

えない。しかし、こんなさむざむとした空気の流れる家のなかで、母親は不在で、父親と三人ゐる子供の姿が、特に、茶を出すために湯を沸かしてゐる姿が、妙に淋しく描き出される。

僕は叔父と家にゐない子供たち、つまり僕の従兄弟や従妹たちのことを話しあふ。しかし、話はさう弾まない。かつて一人娘の従妹が女学生時代、桃色事件を起こしたとき、叔父の敵方の地方新聞は盛大に書き立て、叔父に「自由主義者」のレッテルを貼りつけた。その従妹も、いまは大分遠いところに片づいたといふ。いま、叔父を「自由主義者」と呼ぶものは一人もあるまい。

——お茶。

盆に急須と茶碗をのせて、子供の一人が這入つてくると投げ出すやうに畳の上において僕の顔を見る。

——こつちへ来ないか。

といふと、素早く退却してピシヤリと襖を閉めた。しかし、隣りにゐて、叔父が間違つたことをいふと大声に訂正する。そのたびに、叔父は眼をパチクリさせて、ちよつと笑ふ。僕は烟臭い茶を喫むと、立ち上つた。

——もう帰るの？

——ええ。

——ふうん。母さん、どこへ行つただい？　おい。

隣りでは返事がない。僕は縁に出る。

——また、此方へ来たときお寄り。

叔父は暢気なことをいふ。靴を穿いてから屋根を見ると、崩れた瓦の上に草が一杯生ひ茂つてゐる。

——お大事に。

縁に立つてゐる一平叔父にさういふと、叔父は笑つて、

——ええ、有がたう。

と妙に神妙な調子でいつた。

——サヨナラ。

障子の破れから覗いてゐる眼に声をかけると、眼はたちまち消え失せた。昔、叔父と千曲川畔に来たとき、僕はちやうどその子供ぐらゐの年であつた。帰るときも叔父は一緒に来て

くれたが、その車中、土産用の葡萄を一籠、叔父と二人ですつかり平らげた。

——葡萄なんていくら食つても腹はこはさないだから、どんどんお上り。

と叔父はいつた。ところが、家に着くと僕は激しい腹痛に襲はれ、大嫌ひなヒマシ油を無理矢理のまされ、ひどい眼に遭つた。そのとき叔父は、

——なあに、葡萄をちよつと余計に食つただけだよ。

と、暢気な声で母に告げてゐたものであつた。あのころは叔父もまだ若かつたらう。しかしいまは、百年已に半ばをすぐ、秋至つてうたた饑寒《きかん》、とでもいふところであらう。どうしてこんなことになつたのか判らない。

門を出るとき振返ると、叔父は耳の穴に指を突込みながら、漫然と荒れ果てた庭を眺めてゐた。それは、かつての神童でもなく、旧自由主義者でもなければ、前田舎新聞主筆でもない。況や、イギリス紳士では更にない。僕の眼に映つた一平叔父は、寂しい人であつた。既に、忘れられた人、であつた。

僕が一平叔父の死の報を受けとつたのは、戦争が終つて三年目の秋である。それまで、一

平叔父には遂に会へなかつた。だから、それまで一平叔父がどんな生活をしたか、僕は知らない。しかし、想ふに、叔父は忘れられ、更に忘れられて死んでいつたものであらう。鶴嘴も測鉛も届かない暗黒と忘却の裡に埋れ、また、眠るべく。

早春

小川ぞひの小径を歩いて行くと川つぷちに猫柳が立つてゐた。猫柳を見ると、どういふものか童話めいた気分になる。現に、その猫柳の滑らかで柔かさうな花の下には年のころ四つばかりのちつぽけな女の子が立つてゐた。鼻をたらした小娘は、歩いて行く僕を執念深く睨んでゐたが、突如、へんてこなかすれ声で歌ひ始めた。

——赤いリンゴにくちびる寄せて……

当時、その歌が流行つてゐたのである。

女の子は、僕が感心するとでも思つたらしい。しかし、僕は知らぬ顔を粧ひ、しばらくいつてから振返ると、女の子は不満らしい面持で僕を睨んだ。

ところが、小川ぞひの小径を広い街道に出て、街道に面した床屋に這入つて行くと、大きな鏡の前の台に水盤がおいてあつて、そこに猫柳が尤もらしく活けてあつた。客は誰もゐない。片隅で、烟管《きせる》をぷかぷかやつてゐた店の親爺が僕を見ると、

——いらつしやいまし。

と立ち上つた。

始めての店に這入るのは、何となく気遅がする。僕はいままで、町のなかの床屋にいつてゐた。しかし、引越したら、近くにあるのに気がついたから、どんなものかと思つて出向いたのである。店は小さいが、さつぱりしてゐた。僕の頭は手入れが届いてゐないから、床屋には迷惑だらう、と思ふと何だか落つかない。しかし、親爺のいふなりに黙つて椅子に坐つた。

——普通でよろしうございますか？

——うん。

親爺は何やら仔細あり気に僕の頭を眺め、ちよこちよこ歩いていくと白布を持つて来た。また、ちよこちよこ歩いていつて、鋏と櫛をもつてくる。何だか落つかない。それでも鋏を鳴らし出したら、どうにか落つついた。

――旦那は御近所でいらつしやいますか？

――うん、このごろ近くに引越して来たんだ。

――どうぞ、ごひいきにお願ひいたします。あたしも、この二月ばかし前にこの店に移つて参りましたんですよ。

親爺は、背の丈は五尺に足りぬぐらゐ、年のころは四十五六かもしれぬ。最初見たときから、誰かに似てゐるやうな気がした。しかし、誰か想ひ出せない。これから何日かして、僕は偶然サマセット・モオム氏の写真を見た。そのとき、誰かに似てゐると思つた。考へてゐる裡に、思はず失笑した。モオム氏は床屋に似てゐたのである。つまり、親爺はモオム氏に似てゐた。

モオム氏は、人情の機微を心得た秀れた作家である。ところが、この親爺は生憎なことに人間を見る眼がない。

――この猫柳は、あの川ぷちの奴をとつたのかい？

と、僕が何気なく訊ねると、親爺は何か感違ひしたらしかつた。

――おや、旦那はお花に御趣味がおありなんですか、よござんすね。あたしもね、お花の方はちよいとばつかり年期を入れましてね、看板も出せるんですよ。

僕は、むろん黙つてしまつた。この親爺はどういふものか、のちのちまで、僕を誤解した。僕は親爺にいはせると、歌舞伎に通暁してゐなくちやならない。むろん、華道も些かたしなんでゐればお茶もやる。髭を剃られてうつうつしてゐる僕に、かういふこともいふのである。

——三味線もいいもんですね。少しはおやりなんでせう？

——冗談いつちやいけないよ。

——おや、御謙遜で。

これでは話にならぬ。いつか、僕がやはりうつうつしながら、ラヂオのモツアアトに耳を傾けてゐたところ、親爺は気の毒さうに僕にいつた。

——ラヂオも洋楽のときはつまりませんね。邦楽だといいんですけどね。

ところが、僕は邦楽つて奴は、よく判らない。興味がない。洋楽がつまらないなんて、些少も考へない。モツアアトは最も好むところである。と、しかし、主張しても始まらぬからやめにした。あるいは、僕が和服ばかり着てゐる故かもしれぬ。が、どうも、親爺の考へ方は僕に納得行かぬことが多かつた。

多分、最初のときだつたと思ふ。親爺は芝で罹災した、といふ話をした。子供のときから、床屋に丁稚奉公に入つて叩き上げたものらしかつた。

——いまどきは、何か学校が出来ましてね、早く一人前になれますがどんなもんでせうか……

と親爺はいつた。ともかく、ひどく苦しい徒弟制度の裡に生活し、やつと一人前になつて自分の店を持つた。何年やつたのか判らぬが、その店が戦災で焼けてしまふ。仕方がないからY県の山の中にゐる親戚を頼つて疎開した。

——親戚といつても、家内の方のでしてね。あたしの方は田舎の親戚がないんです。

戦争が終つて早く東京に戻りたい。しかし、さう簡単に店が手に入るものでもない。ところが、こんな東京の外れの片田舎——と親爺はいふ——だが、ともかく一軒店がもてたのは親爺の妹のおかげださうである。親爺の妹は、この店から程遠からぬ、省線のM駅前の通りの茶屋に嫁いでゐる。茶屋といつてもまちがへるといけないから念のため申し添へるが茶舗である。

——ははあ。

と僕が、このとき、判つたやうな声を発した。何故なら、僕はその店を知つてゐる。知つてゐるばかりぢやない。何度かその店で、お茶を買つたことがある。成程、その茶屋には婆さんがゐた。

——あれが姉さん？

——いいえね、妹なんですよ。苦労が多いせゐですか、ずゐぶん老けてますけどね。

その妹がいろいろ手をまはしてくれたので、やつとこの店が持てた。前の持主が身体を害ねて、店を止めたのである。東京の外れ、といつてもY県の山の中と較べたら問題にならない。目下親爺一人で暮してゐるが、その裡一家をよびよせるつもりだといふ。僕は内心、あの河ぷちで、へんてこな声で歌つてゐた女の子が親爺の子供ではないか、と邪推してゐたが、これはどうやら見当外れと判つた。

ところが、帰つて家の者に、今度の床屋と、M駅前通りの茶屋と親戚だと話したところ、家の者がいつた。

——あの、お茶屋さんの主人は、道楽もので評判なのよ。

苦労が多い、と親爺のいつたわけが僕にはこのとき判つた。引越した——と申し上げたが距離にして十町足らずのところへ引越したから近在のことは前からよく知つてゐるのである。

二度目に親爺の店に行つたときは、親爺は一人の客の頭を刈つてゐた。また、莫蓙をのつけた木の腰掛の端つこには、一人の娘が坐つて汚れた雑誌を読んでゐた。待つのは面倒臭いから、やめようかな、と思つてゐると、親爺は、

——おや、いらつしやいまし、すぐすみますからどうぞ。

と先手を打つた。同時に、腰掛にゐた娘が僕の顔を見ると、恥づかしさうに笑つて会釈した。はて面妖な、と僕は考へた。そんな娘には、一度もお眼にかかつたことがない。娘は二十才ばかり、派手な模様のワンピイスを着て、頭には所謂パアマネントをかけ、唇は真紅に染めてゐる。何とも得体が知れぬ。

何だか曖昧な気持で坐つて烟草をふかしてゐると、娘がふいに立ち上つて外へ出ていつた。入口の硝子戸は開け放したままになつてゐる。街道をときをり、トラックが走る。ジイプが掠める。街道の向う側は農家である。そのあたりの新緑が美しい。新緑を眺めてゐると、顔剃りが終つて、椅子を起こした親爺と上半身を起こされた客が話を始めた。

——あれもパンパンなんだべ？　ほれ……あそこの……

と客が、どこかの女のことをいふ。客は言葉でこの土地の人間だと判る。親爺は空鋏《からばさみ》を使ひながらいふ。

——あれは、有名なんですよ。何でも、五馬力つて仇名があるんですからね。

——五馬力？　へえ？

親爺は僕を振向くと笑つていつた。

——なにしろ背はそんなに高くないいんですが、ものすごく肥つてましてね、それが、とんでもない顔の女でしてね、あの女が寄つてくと、さすがにみんな逃げ出すさうですよ。

僕は客が、あれも、といつた言葉から、さつき出ていつた女もさうなのかしらん、と考へた。五馬力とは、どんな女か知らぬが、それに比較すれば先刻の女なんぞは、まだしも可憐といへるかもしれない。

やがて客はのろのろ立ち上ると、すぐ出て行きもせず腰掛に坐つて烟草に火を点けた。四十恰好の、農夫らしい男である。すると親爺は、僕の方を振向いて

——お待ち遠さま。

といふ。僕はさつきの娘が先客だと思つてゐたから、ちよいと間誤ついた。しかし、親爺

がさういふのだから、椅子に坐ることにした。鏡に映る親父の顔は、何としてもモオム氏によく肖《に》てゐる。尤も、モオム氏に比して、頭の鉢が開きすぎてゐるのが些か品下る感を与へて惜しい。

——娘が出て参りましてね……

と、親爺がいつた。

——え？ 娘？

——ええ、田舎にゐたんですが、こんどこつちへ呼びましたんで、近いうちに家内やちいちやい子も呼びます。

——御子さんは何人ゐるの？

——四人でございます。

——へえ、四人ゐるのかい。

と、いつたのは僕ぢやない。立ち上つて、出て行きかけた農夫らしい男がいつたのである。

——そのうち、こんど来た一番上だけが、先妻のでして、あとのちいちやいのは、いまの家内の……

――へえ、さうかい、そりや知らなかつた。ぢや、お世話さま。

と、男は出て行つた。それと入れ違ひぐらゐに、さつきの娘が這入つて来た。気をつけて見ると、成程、客ぢやない。親爺も何もいはない。娘は腰掛にちよつと掛ける恰好をしたが、すぐ出て行きかけていつた。

――お豆腐、買つて来たわ。

それから僕の鏡の顔を見ると、さつきのやうに恥づかしさうに笑つて出ていつた。さう思つてみると、いかにも親爺によく似てゐる。しかし、そのくせ、不思議なことにモオム氏にはちつとも似てゐない。が、いづれにせよ、一時、僕はその娘さんを侮辱するやうなことを思つた。洵《まこと》に失礼したといはねばならない。だから、いい娘さんだね、と親爺にいはうと思つたが、何だか故意とらしいから止めにした。

――あんな恰好をしまして……

と親爺がいふのを、僕は、娘が黒か白か見別《みわけ》もつかぬ態の派手な恰好をしてゐるのを、歎いたものと解釈した。ところが、さうではなかつた。

――あたしは、着物の方が好きなんですよ。それなのに、あの子は帯が面倒だとか、何とかいひましてね、ほんとにいまどきの娘は仕様がありません。

……僕はあまり床屋が好きぢやない。面倒臭いのである。それでも必要上出かける。そのうち、親爺はY県の田舎から家族をよびよせた。七つぐらゐの男の子が、奥から顔を出して親爺に叱られたことがある。妻君らしい、おとなしい女が三つぐらゐの子供を抱いて、親爺の烟草を店の台にのせたこともある。一度は、十三四の、親爺にそつくりの男の子が、店の前に水をうつてゐた。しかし、娘はその后一ぺんも見かけない。すると、親爺はかういつた。

――あたくしの妹が、お茶屋をやつてまして、娘はその店を手伝ひにいつてるんです。どうせ、遊んでゐてもつまりませんから、少しでもお小遣ひになればいいつていふんで。ええ、それに長唄のお稽古にも通つてるんですよ。

親爺は、妹が茶舗をやつてゐる話をくりかへして僕に告げた。前に話したのを、忘れてゐるのである。

ところが、僕はその娘を一度、K町で見かけた。僕が町の古本屋を見てまはつてゐるとき、向うから歩いて来た、莫迦に派手な洋装の女が、慣慣しく僕を見て、笑つてお辞儀をした。人違ひだらうと思つて見ると、それが床屋の娘であつた。この娘は、前に僕は店先で派手なワンピイスを着てゐるところを見た。しかし、それは徒らに派手なばかりで、大いに安つぽかつた。むろん素足の下駄であつた。が、このときは僕もちよいと呆気にとられた。あまりお上品とはいへない。しかし、ともかくかなり垢抜けした恰好であつた。どう考へても、長唄とか茶屋とは結びつきかねるのである。

——あの調子では……

と僕は内心、親爺はいづれ娘の恋愛問題で頭を悩まさねばなるまい、と考へた。

小川沿ひに床屋に歩いて行くと、薄がゆれてゐた。そのころ、親爺は僕に、茶屋の妹が具合が悪い、と告げた。

——こなひだは、危篤だつて申しますんでね、兄弟六人寄つたんですよ。

生憎、何の病気か忘れてしまつて念頭にない。ともかく、六人兄弟が茶屋に集つた。

——ところが、妙ですね、そのときはひどく元気になつちやひましてね。みんな、死ぬかと思つて寄つたんですけれど、死なないんぢや、まあ良かつた、帰らう、つて申してをりましたら……

病人の妹が、こんなに兄弟みんな集ることは滅多にない、自分もいまは元気だが、いつぽつくり逝くかもしれない、これをいい機会に、ひとつ大いに騒いで欲しい、と提案した。そこで、一同病人を傍において、飲めや唄への大騒ぎをやつたといふのである。

――なにしろ、女は、その妹一人つきりだもんですから。

親爺の話だと彼は自宅からわざわざ三味線を取寄せて活躍したらしかつた。

――三味線持つてるの？

――ええ、ときたま出して弾いてみるんですよ、でもねえ、こんなとこで弾いても気分が出ませんからね。

――それでお茶屋のお神さんはどうなんだい？

と訊くと、その後、一進一退のままだといつた。茶屋の夫婦には子供がない。養子に十ばかりの男の子を貰つてゐるが、それでは何の役にも立たぬ。だから、親爺の娘が、専ら店に出てゐる。

僕は、K町で見かけた娘を想ひ浮かべた。茶屋と娘は仲仲一緒にならなかつた。同時に、道楽者といはれる茶屋の主人のことが、ちよつと気になつた。

いつかはつきり憶えてゐない。あるいは、翌年のことだつたかもしれない。僕が床屋に行くと、親爺は店の奥にゐる妻君のことを叱りつけてゐた。僕を見ると、仕方なささうに笑つたが、かういつた。

——ほんとに猫はいやですね。

——何かあつたの？

——今日もね、昼のおかずに魚を買つといたのを猫にやられちやつたんですよ。

僕は仕方がないから、苦笑した。

——それでね、お前がぼんやりしてゐるからだと家内を怒つたところなんですよ。

おとなしい妻君は、奥で何もいはなかつた。親爺は、よほど、その猫が気に喰はぬらしく僕の頭をやりながら猫の悪口をいつた。

——ああいふのが、きつと化猫になるんですよ。

——化猫だつて？

——ええ。きつとさうですよ。

それから親爺は、化猫に関する講談本的博学の一端を示したが、生憎、僕はそれに合槌を打てるほど化猫学に通じてゐなかつた。しかし親爺は僕の合槌の有無なんぞ、とんとおかまひなく、つづけていつた。

——あの猫は一年中、お腹を大きくしてゐるんですよ。そんなことつて、あるもんでせうか？

——さあ、知らないな。だけど、何だかへんだね。

——それに滅法気の強い猫でしてね、犬を見るとかかつて行くんですよ。とび出してつて、犬の鼻つ先をひつかくんです。あそこは犬の急所なんですつてね。御存知でせう？

——いや、知らない。

と僕は何だか、そんなことを知らぬのに忸怩たるものを覚えた。このとき、奥で姿は見せぬが、おとなしい妻君の声がした。

——さうさう、吉野園のとうさんが、犬をいつ持つて来てくれるつて、きいてましたよ。

——どこで会つたんだい？

親爺は急に偉さうな声でいつた。吉野園のとうさん、といふのは例のお茶屋の主人である。妻君は魚を買ひにいつたとき、主人にあつた。床屋の近所で、仔犬が五匹産れた。その話をきいて欲しがつてゐる、といふのである。僕はお茶屋の話が出たので、親爺の娘はどうなつてゐるのか訊いて見た。

——娘さんは相変らず、お茶屋にゐるの？

——ええ。さうなんですよ。

と、親爺は何やら浮かぬ顔になつた。

しばらく黙つて鋏を使つてゐたが、やがて想ひ出したやうにかういつた。といふよりは、むしろ、呟いたと申すべきかもしれぬ。

——ええ、ゐるんですがね。あの亭主も、欲しいなら欲しいつて、はつきりいつてくれりや、こつちも別に可厭《いや》だなんていはないんですけれどもね……

話は、些か、ややつこしかつた。僕は他人の面倒臭い話に耳を傾けるのは好きぢやない。だから、ふうん、と返事だけした。しかし、僕は親爺の妹、即ち、お茶屋の妻君が既に死んだかどうか、知らぬのに気がついた。死んだといふ話を、まだ僕にしないやうな気がする。あるいは、聞いたのに忘れてしまつたのかもしれない。

——お茶屋のお神さんもう死んだの？　と訊いてみようかと思つた。しかし、どうも親爺の話の具合からすると、茶屋の主人は、親爺の妹がもう疾うに死んでしまつたので、親爺の娘の方を後添へに貰ひたがつてゐる。と受けとれる。どうもさうらしい。だから、訊くのはやめてからいつた。

――ぢや、娘さんを奥さんに貰ひたがつてゐるんだね。

同時に、僕はちよいと妙な気がした。親爺は、自分と同年輩の男でも自分の娘を呉れと申出たら、別に可厭ともいはずに遣らうといふのである。あるいは、僕なんぞの知らぬ理由があるのかもしれない。それにしても、僕は何か妙な気がした。

――ええ、さうなんですよ。でも、いひにくいんでせうね、仲仲はつきりはいはないんですよ。……

親爺はさういつた。はつきり先方でいはぬのが、焦れつたいらしかつた。想像すれば、いろいろの場合が考へられぬでもない。しかし、面倒臭いから、今は考へぬことにした。すると、親爺はこんなことをいふ。

――なくなりました妹も、よその女が後添へにくることを考へると、安心して死ねない。トシちやん、つていふのは、うちの娘なんですが、トシちやんが来てくれれば一番安心だ、なんてね、そんなこと申してをりましたんですよ。

――でも、と僕はいつた。年がずゐぶん違ふぢやないか。三十ぐらゐ違ふんぢやないのかい？

――ええ、そのくらゐ違ひますね。

と、親爺は平然たるものである。

――本人もその気なの？

――ええ、あたしがね、本人によく話して見たんですよ、そしたら、本人もやつぱり異存はないつて申しますんでね。

――ふうん。

と僕は恐れ入つた。親爺は附加していつた。

――あの子にとつても、それが一番いいんでせうからね。

僕は何もいはなかつた。しかし、どういふものか、親爺の話をきいたら、昔の人情噺でもきいた心地がした。何か知らぬが、莫迦に古臭い時代の香でも嗅いだ気がした。

ある日、家の者が外から帰つて来ていつた。

――お茶屋さんに、床やの娘さんがゐたわよ。

――前からゐるぢやないか。

――店先で何かしてたけど、すつかり落ついちやつて、お神さんみたい……

どうやら、親爺の娘も叔母さんの後釜に落ついたものらしかつた。

僕は病気になつた。

長いあひだ寝てゐたら、髪は長く乱れ、髭は伸び、いかにも病人らしく、むさ苦しかつた。尤も、寝てゐるから、別に差支へはない。しかし僕は病気なんか、あまり苦にしない方だから、外見に比して、内心は至極暢気で、病人らしくないつもりでゐた。ところが、訪ねて来た友人の一人がいつた。

――髭ぐらゐ剃れよ。病人臭くて、君は平気だらうが、こつちでがつかりするよ。

面倒臭いから放つておいたが、さういはれてみると、そんな気もしないではない。それから髭だけは剃ることにした。しかし、頭の毛はさう簡単にいかぬ。

寝ついたときは早春の眺めであつたが、季節は刻刻とうつつて、庭の隅の薄に穂が出て来た。このころになつて、僕は思ひついて床屋の親爺に来て貰ふことにした。

親爺は和服に雪駄をはき、小さな風呂敷包みを抱へてやつて来た。まるで、落語家のやうであつた。

——おや、お痩せになつたと思つたら、それほどでもありませんね。

と、親爺はいつて、風呂敷包みを解くと白い上つ張りに腕を通した。庭に椅子を出して頭を刈つて貰つてゐると、何だか健康がまぢかにゐるやうで愉しかつた。

——肥つたつて、みなさんが仰言るんだけれど……

と家の者がいつたら、親爺は頭を振つた。

——いいえ、肥りやしません。肥りやしませんが、痩せもしません。あたしはお世辞はいひませんからね。

僕は、散髪そのことが愉しいので、あまり口をきかず、その気持を味つてゐるやうな恰好であつた。尤も、お世辞はいはぬ、といふ親爺も、

——結構なお住居です。

なんぞとつまらんことをいつたりした。上を見れば限りがない。しかし、同じやうなちつぽけな家がごちやごちや並んでゐるところをさして結構なお住居なんていふのは、むしろ莫迦にしたやうなものである。

面倒臭い筈の散髪も、病気になつてからは逆になつた。それから一ヶ月も経たぬ裡に、僕はまた親爺に来て貰つた。すると、親爺は吃驚仰天したらしかつた。

——おや、おや、お肥りになりましたね。

僕はちよいと擽《くすぐ》つたかつた。どういふわけか判らぬが、矢鱈に肥り出したのである。

——こんどはほんとに肥つたらう？

——ええ、こなひだは肥つちやゐませんでしたが、こんどはほんとにお肥りですね。

散髪されながら椅子に坐つてゐても、前に較べてさまで疲労を感じなかつた。そのせゐか、親爺と無駄話も交したりした。親爺は、このときも前と同じやうに、一見落語家か何かのやうな恰好であつた。若い時分から、相当遊んだものらしかつた。

僕はちやうどそのころ、ベッドでモオムの小品集をよんでゐたから、親爺を見るとすぐモオム氏を想ひ出した。ひとつ、親爺にモオム氏の写真を見せてやらうかしらん、と思つたとき、親爺がいつた。

——こんなにお肥りになるんぢや、もう大丈夫ですね。

——さうとは決まらないよ。

——いいえ、大丈夫ですとも。旦那とは違ひますが、うちの娘もこのごろ肥つて来ましてね。

——何だい、やつぱり病気だつたのかい？

——いいえ。病気ぢやありません。

庭で頭をやつて貰つてゐると、冷やかな風が流れ、夕暮の色が近くの茂みに漂つた。その辺りでは生き残りの虫の声がきかれたりした。

——娘さんは元気でやつてるの？

——ええ、おかげさまで。もう赤ん坊もよちよち歩くやうになりました。

——何だ、子供が出来たのかい？

——ええ。と親爺は嬉しさうにいつた。一年で歩くのは、ずゐぶん早いんださうですね。

それから、いままで自分の本当の子がゐないため、家を外によく遊び歩いた茶屋の主人も実子が生れてからはすつかり家業に精出すやうになつた、と親爺は話した。親爺にとつては初孫だから、よほど嬉しいのに違ひなかつた。何かと、その赤ん坊の話をした。僕には見たこともないよその赤ん坊が、利口か莫迦かなんて興味がない。それより孫をもつた親爺が、白髪染めを使つてゐる方が面白かつた。

親爺の頭は、天辺がうすくなつてゐる。そこは本職でお手のものだらうから、片側から真中の禿をうまくかくすやうに髪を寝かしつけてゐる。その髪の白かつたのを僕が憶えてゐないところを見ると、白髪染を、よほど入念に常用してゐるものらしい。ところが、上から見ると、禿の部分に白髪染の黒い色が染み込んで、まだらな模様を作つたりして見つともないこと夥しい。僕は親爺を四十五六と見た。しかし、白髪染めを使つてゐないところを見たら、どうなることかと思ふ。

しかし、むろん僕は白髪染めのことなぞ、口に上さなかつた。

——名前は何ていふの？

——義一つていふんです。あたしの名前から、義をとりましてね。

親爺はさういつた。生憎、僕は親爺の名前を知らなかつたのだが……。

親爺には、その后、もう一度来て貰つた。しかし、それからは僕が出かけるやうになつた。散歩ぐらゐ、出来るやうになつたのである。

いつかよく憶えてゐないが、ある日僕は散歩に出かけた。歩いてゐる裡に、駅前の通りに出た。商店の並んだ街が、莫迦に珍らしく愉しく思はれた。エトランゼめいた気分で歩いて行く裡に、ひよいと、お茶屋を想ひ出した。しかし、気がついてみると、僕はもう、茶屋を通り越して来てしまつてゐた。

駅までいつて、待合室のベンチで少し休息すると、同じ道を戻ることにした。お金をもつてゐたら、少しお茶を買つてもよい、と思つたが懐中には一文も持つてゐない。歩きながら、お茶屋を覗いた。お茶屋には、女中らしい若い女と、四十ばかりの女がゐた。二人は向ひあつて、お茶を袋につめてゐた。

——親爺の娘はゐないらしい……

と思つたとき、僕は啞然とした。その四十ばかりの女が此方を向いて、頭にかけた手拭をとつて、笑つたところを見ると、それが、例の娘であつた。あまり意外だつたので、僕は往来にゐて、思はず嘆声を発した。そして、ちよいと会釈して歩きつづけた。

——どうも驚いたな。

と、歩きながら僕は内心呟かぬわけにはいかなかつた。どうやら娘は、先妻の着物をそのまま用ゐてゐるらしかつた。顔を見ると、前より少し肥つてゐるが、むろん若い女である。

とはいへ、どう見ても二十二三の女とは思へない。それが、茶屋の主人の好みなのかどうか知らぬが、あるいは、そんな店ではそんなつくりにする必要があるのかどうか判らぬが、ともかく、僕は驚いた。

家に帰つて、

――床屋の娘を見たよ。四十ぐらゐの婆さんに見えた。

といつたが、嘘ばつかり、と信用されなかつた。しかし、娘は……娘ぢやない、いまではお茶屋のお神さんだが……ともかく叔母の後釜に坐つて、仲仲うまくやつてゐるらしかつた。

翌年の春まだ浅いころだつたらうか、僕はある温い日、ぶらぶら散歩に出た。小川ぞひに歩いて行くと、黄ばんだ草のあひだに、わづかな緑が覗いてゐた。小川の白く淡濁つた水にも、何やら春らしい感じがした。また、その上に枝を差し伸ばしてゐる野茨の細い枝には、点点と、緑の芽がついてゐた。

かういふものを見てゐると、僕はいとも簡単に田園詩人らしい心地になつた。そこで、そんな気分のまま、歩いて行くと、麦畑の先の枯木立に、浮雲がひつかかつてゐたりした。しかし、誰か採つてしまつたのか、猫柳の姿はどこにも見当らなかつた。

ところが、広い街道に出たところで、僕は床屋の親爺にあつた。

——おや、お散歩ですか？

と親爺はいつた。

——うん。小父さんはどこへ行くの？

——今日はね、店が休みだもんですから、ちよいと町中へでも行かうと思ひまして……

成程、親爺は外出姿であつた。和服の上に角袖を一着に及び、白足袋に雪駄といふ扮装であつた。むろん、頭の毛は叮嚀に分け、その髪も黒く光つてゐた。街へいつても、よほどの物好きでない限り、この親爺の黒髪が、実は斉藤別当にあやかつたなんて気がつかぬのに相違あるまい。僕はちよいと滑稽な気がしたから、無駄口を叩いた。

——お愉しみだね。

——いいえ、この年になつちや……

親爺はさういつたが、案外、娘ぐらゐの女性に会ひに行くのかも判らない。

僕らはすぐ右と左に別れた。

僕は歩きながら、娘の方は婆さんくさくしてゐるかと思ふと、その親爺は髮なんぞ染めて浮き浮きと出かけて行く、洵に妙なものだと思つた。

敬

礼

戦争が終つて間もないころ、僕は用事があつて小海線の沿線にいつた。それから引返すと小諸に出て、つづいて長野の少し手前まで行くつもりで小諸駅に下りの列車を待つてゐた。下り列車が来るまでには一時間以上もあつた。

小諸は前に何度か来たことがあつた。一時間以上待たねばならぬとなると、さしづめ、城址に行つて時間を潰すのが妥当だと思はれた。ところが、その日は生憎、天候がよろしくなかつた。曇つた灰色の空から霧のやうな雨が間断なく落ちてくる。それに僕自身疲労で熱つぽく動きたくなかつた。出来ればベンチで休みたかつた。しかし、数多くもない駅のベンチは若い兵隊たちに占領されてゐた。

ベンチばかりぢやない、プラットフオオムに溢れる群衆の三分の二以上が、これら兵隊たちであつた。彼らはいづれも濃緑色の襯衣《シャツ》にカアキイ色のズボンを穿き、ゲエトルをきちんと巻いてゐた。しかし、武器はもつてゐなかつた。武器の替りに何れも大きな荷物を携へてゐた。戛戛《かつかつ》と軍靴の音を響かせて矢鱈に歩きまはつたり、肩を叩きあつたり、烟草のやりとりをしたりしてゐた。

彼らは何れもひどく快活であつた。

僕の近くにゐた一人の商人らしい中年男が、マッチの空箱を弄んでゐる一人の兵隊に話しかけた。

――軍隊はどうだつたね？

商人らしい男はその質問に、多少複雑な意味をもたせてゐるらしかつた。しかし、兵隊は無造作に笑つて答へた。

――監獄だよ。あんなもの。

答へると同時に弄んでゐたマッチの空箱をポイと宙に投げ、落ちてくるところを軍靴で巧みに蹴り上げた。それからくるりと背を向けると歩み去つた。この答は、それを近くで聞いてゐた僕をひどく驚かせた。非常に新鮮な驚きといつてよかつた。言論の自由に、始めてお眼にかかつた気がした。商人はポカンとした顔で兵隊の背中を眺めてゐたが、おそらく、僕自身も同様の表情をしてゐたに相違あるまい。

下りのプラットフオオムばかりではない。上りのプラットフオオムにも、大きな荷物をもつた兵隊たちが沢山ゐた。彼らは何れも無頓着な様子で我物顔に振まつてゐた。そのあひだにあつて一般の乗客は、可弱い動物のやうに兵隊たちの様子を窺つてゐた。この上下のプラットフオオムを繫ぐ空中ケエブルが、灰色の雨空を横切つてゐた。ときをり、昇降機で上つて行つた貨物を積んだ黒い箱が、ガラガラ鳴りながら、ケエブルに吊下つて渡つて行つた。箱の上には駅員が一人乗つてゐて、プラットフオオムにゐる仲間と大声で無駄口を叩いたりした。宙に浮いた黒い箱と駅員は、僕に、何か聯想の端緒を与へるやうに思はれた。しかし、僕の疲労した頭脳には何も浮かばなかつた。

——どうだ、乗りたいだらう?

——ちぇつ、あんなもの。

僕の右手にゐる二人の兵隊が、やはりケエブルを渡つて行く箱を見ながら、こんなことをいつた。二人共、プラットフオオムに坐り竹で編んだ弁当箱を開いて猛烈な勢で食べてゐた。

僕はその内容を知りたい気がした。しかし、傍まで行つて覗き込むほどの興味はなかつた。

気がつくと、あつちこつちで兵隊たちは弁当を広げてゐた。すると急に賑やかな笑声が湧いた。見ると左手に、多くの兵隊にとりまかれてゐる一人の大柄な兵隊が眼に入つた。町へ出て買つて来たものらしい、頭には戦闘帽の替りに、細いリボンを巻いたパナマ帽まがひの帽子をのつけてゐるのである。

彼が得意然とポオズを造ると、兵隊たちは手を拍つて笑つた。兵隊たちは、みんな同じに見える。しかし、そのちよいと洒落た帽子を被つた兵隊は——彼はもう兵隊ではなかつた。僕はそこに些か不潔な感じのする田舎のアンちやんを見出した。彼はもはや、他の誰とも似てゐなかつた。

僕はこの間、プラツトフオオムに新聞紙を敷いて腰を降し、柱に凭れかかつて時を過した。僕のそのときの唯一の願ひは早く列車が来ること、それも時間通り到着することでしかなかつた。

すると突然、僕の名前を呼ぶものがあつた。振仰ぐと、一人の眼鏡をかけた男が立つてゐた。彼は当時には珍らしく、ちやんと夏の洋服を着込んでゐた。僕はすぐその男が、僕の中学時代の友人だと気がついた。

——何だ、お前か。

——お前、何だつてこんなところにゐるんだい？

僕らは簡単に現況を説明した。彼は小諸附近に疎開してゐたが、近い裡に東京に戻る。今日はその下見分に上京するつもりで上りのプラットフォオムにゐたら、僕らしい人間がゐるのを見て渡つて来た、といふ。僕らは昔、お前、おれで話しあつた。しかし、十年以上も会つてゐなかつた。あまり久し振りなのと、あまりにも意外な邂逅なので、何も話すことはなかつた。事実、時間もなかつたのである。彼は支那人だが、中学時代は日本姓を名乗つてゐた。僕がその姓で彼を呼ぶと、彼はちよいと苦笑して、元の支那名前に戻るとか戻つたとかいつた。

——その方が都合がいいんだよ。

——さうかね。

しかし、どんな具合に都合がいいのか訊く暇もなかつた。上りのプラットフォオムの拡声機が大声で何かいひ始めると、プラットフォオムがざわめき出した。彼は

――また、会はうぜ。

といふと急いでいつてしまつた。

上りのプラットフオオムに姿を現はした彼は僕を見ると手をあげた。僕も手をあげた。すると、その中間に轟音と共に列車が滑りこんで来た。僕は彼と話すため立上つた姿勢のまま上り列車を眺めた。

列車は混んでゐた。デッキには大きな荷物を積みあげた兵隊たちがゐた。僕は友人の顔を探さうとする努力は疾うに放擲してゐたから、ぎつしり並んだ乗客の顔を漫然と眺めてゐた。漫然と――しかし、多少の人種学的考察も怠つてはゐなかつた。この間、駅員の叫声と乗客の悲鳴、怒号でたいへんな喧騒を極めてゐた上りプラットフオオムも、どうやら片づいたらしい。

汽笛が鳴つた。

このとき、僕の左手に兵隊たちが塊まつてゐるのに気がついた。別に整列はしてゐない。しかし、何れも直立不動の姿勢をとつてゐる。車輪が重さうにグルリと一回転した。同時に、塊まつてゐる兵隊たちは一斉に帽子の庇に手をあげた。挙手の礼をしたのである。

僕は兵隊たちの視線を追つた。すぐ、動き出した列車の窓のなかに、一人の将校の姿を見出した。恰幅のいい、大尉ぐらゐの男である。彼もやはり不動の姿勢で凝つと兵隊たちに眼を注いだまま挙手の礼を返してゐる。士官は彫刻のやうに動かない。兵隊も動かない。ただ、窓の動くにつれて僅かに頭がまはるにすぎない。動いてゐるのは列車ばかりである。そして列車は、この眼に見えない糸を断ち切るべく、次第に速力を増して行くのである。

どういふものか判らぬ。しかし、このとき僕は鋭い感動が僕を貫くのを覚えた。原隊からこの駅まで一緒に来た上官と兵士が、いま茲で互ひに最後の別れを告げてゐるのである。僕は一瞬周囲を忘却した。列車は次第に遠ざかり、両者の中間には灰色の空から落ちる霧のやうな雨が舞ふばかりである。

そして、この光景が一幅の絵画のやうに僕の脳裡にやきついたとき、僕は始めて実感として戦争の終結を意識したのである。――敗れた戦争の終結を。

テンポオ翰林院

それは静かな路であつた。ひつそりした住宅の間を通つて行くと、曲角に一軒、花屋があつた。夜だと、花屋の前だけ舗道が明かるかつた。花屋には若い男と若い女がゐて、二人は兄妹らしかつた。僕の友人のヤスヂロオは、その若い女を可愛いひとだと云つてゐた。僕は何とも云はなかつた。しかし、花のなかで毎日暮してゐると、動物的なところが尠くなるのかもしれない、若い女は店先に並べてある花花の一本に近かつた。

——君、あのひといいだらう? 可愛いひとだね。

ヤスヂロオは花屋の前を通ると、いつもさう云つた。のみならず、彼はときをり花屋に這入つて行くとカアネエシヨンとかチユウリツプとかを買つて帰つて、彼の殺風景な部屋に多少の夢を与へようとしたりした。一度、僕と一緒のとき、彼はその可愛いひとから鉢植ゑの花を買つた。何故、そんな花を買つたのかよく判らない。巨きな花片のなかから、ベロンと細長い舌みたいな奴が出てゐる花で、僕は一向に感心しなかつた。而も、その名前がひどくややこしかつた。

——何ですつて？

ヤスヂロオは娘さんに三度ばかり問ひ返した。僕は最初から覚える気はなかつたから、赤い籠のなかの白い二羽の十姉妹を眺めてゐた。が、ヤスヂロオは可憐にも頻りにそのややこしい名前を覚えようと努力した。挙句の果は、紙にその名前を書いて貰つて大事さうに上衣の胸のポケットにしまひ込んだ。

それから何日かして、ヤスヂロオのところに行つたとき、僕はその花が彼の机の上に飾られてあるのを見た。

——この花の名前何だつけ？

——……。

ヤスヂロオは口をもぐもぐさせて、ちよいと首をひねつた。それから、こつそり机の抽斗を開くと花の名前を云つた。抽斗のなかには娘さんのくれた紙片がちやんと這入つてゐた。

彼は些か面目なささうに、眼鏡をつつきあげて笑つた。僕のところに桜草の鉢植ゑを持つて来たときと同じやうに。ある春の一日、僕が縁にぼんやり坐つてゐると、ヤスヂロオが現はれた。手に桜草を持つて。

——君、と彼は云つた。今日はいい天気なので桜草を持つて来たよ。

僕は礼を云つて受取ると、縁の日向に置いた。

——可愛いひとのところかい？

彼は些か照れ臭さうに眼鏡をつつきあげて笑つた。そして、僕らが二三無駄話を交してゐる裡に、ちつぽけな蜂がもう桜草めがけて飛んで来たりした。

静かな路を駅の方に歩いて行くと、一軒、ちつぽけな喫茶店兼酒場のやうな店があつた。そこには牝牛のやうなマダムとその娘だとか云ふ若い女がゐた。キリギリスに似た若い女は、話をするとき、何のためかその細い指先を触角のやうにヒラヒラ動かした。ときには、小指を頬つぺたか顎のところにちよいとあてがつて見当違ひのところを凝視《みつ》めたりした。僕はいままでも、彼女が髪を長く伸ばした若い男と話しながら、

——ああ、アンドレ・ジツドの「狭き門」、素適ね。

と、エクスクラメエション・マアクを三つばかり必要とするやうな口調で云つたのを憶えてゐる。僕は彼女が見当違ひのところを凝視めたりするのは、斜視の傾向があるからだと思つてゐた。しかし、ヤスヂロオは彼女を清楚なひとと評して大いに僕を面喰はせた。

僕はキリギリス嬢のゐる店なんか、ちつとも行きたくなかつた。が、ヤスヂロオは莫迦にそこが気に入つてゐるらしかつた。だから、三度に一度くらゐは彼の意志を尊重しないわけにはいかなかつた。その結果、ゲエテとベエトオヴエンの石膏のデス・マスクがかかつてゐる小暗い店のなかで、至極文化的な会話を聞かされねばならなかつた。すると、財布は軽くなるのに、一向に酔つて来ないのは不思議と云つてよかつた。

しかし、そんなことはどうでも宜しい。ヤスヂロオは可愛いひとの店で花を求め、清楚なひとの店でひとときの憩を求める。この状態がつづけば天下泰平であつたらう。ところが、さうは行かなかつた。

テンポオ翰林院と称するものが出来て、ヤスヂロオはその会員の一人になつた。

——テンポオ？

僕が訊ねたとき、ヤスヂロオはテンポオは天保であつて、更に説明すると天保銭の天保を拝借したのだと註を加へた。このアカデミイの会員は、会長を含めて三人しかゐなかつた。三人とも僕の友人で、三人ともX大学の文学部の学生で、三人とも黒い縁の眼鏡をかけてゐた。何故、そんなものをつくつたのかよく判らない。しかし、会長と自称するタマノ・カンタロオは、

——怠惰なる精神を排し、専心、学問の研鑽にいそしむことを目的とするのである。

とか宣伝して、会員獲得に躍起になつてゐた。しかし、一向に会員が増えぬことが判ると、本アカデミイは会員三名を定員とし欠員なき限り……云云とか云ふ会則を作製した。

——何故、会員になつたんだい？

と、僕がヤスヂロオに訊ねたとき、彼は答へた。

——知らない裡に会員にされてゐたんだよ。

テンポオ翰林院の会合は、随時、学校近くのボンと云ふ喫茶店で催された。しかし、会員以外のものが参加しても一向に差支へなかつた。会合のとき、ボンに這入つて行つたりする

と、半ば強制的にアカデミイの先生方の傍に坐らされたりした。会長のカンタロオは、花の名前も満足に覚えられぬやうな会員のゐることが心外に堪へぬらしかつた。ある日、三人と同席した僕に彼は歎かはし気に告げた。

――遺憾なのは、会員諸氏の智能程度が会長に較べて著しく劣ることなんだ。

ヤスヂロオは、莫迦を云へ、と云つて笑つた。が、もう一人の会員イシノ・タケオは口を固く結んで何やら恨めしさうにカンタロオを睨みつけた。それからから云つた。

――御覧なさい、カンタロオの恰好を。靴下に下駄ばきで、自分は学究の徒をもつて任じてゐるなんてキザだね。柄につかないよ。

カンタロオはとんと痛痒を覚えぬらしく、アツハツハと哄笑した。

――ちよいと待つた、と彼は云つた。昼飯には何を食つた？　人間、腹が減ると怒りつぽくなるもんだが、ソバ屋の十銭のモリぢや足りないんぢやないか？　おごつてやらうか？

それから、僕の方を向いた。

――こいつは、こなひだ、うちに来てね、こんな大きい……。

と、彼は手でバケツ大の円をつくつた。

——こんな大きい丼に飯を五杯も食ひやがつたんだ。あれには驚いたよ。

——このぐらゐさ。

と、タケオはバケツ大を訂正して小さな円を示した。カンタロオは再び哄笑した。

——可愛いぢやないか、このぐらゐだとさ。

僕はしばしばテンポオ翰林院の会員諸氏と一緒になつた。しかし、彼らはいつもそんな話をしてゐて、学問の研鑽にいそしむ気配なんて全く見られなかつた。何のための翰林院か、竟《つひ》に要領を得なかつた。ところが、いつのまにか、僕は院外団にされてゐたのを知つて吃驚した。

ある日、カンタロオに誘はれて彼の家に行つた。彼の部屋の壁にはテンポオ翰林院設立の趣旨とその会則並びに会員名を墨で書いた紙が麗麗しく貼つてあつた。会員名の終りの方に、院外団と朱書してあつて、その次に僕の名前が記されてゐたのである。

——止せやい、と僕は腹を立てた。会員だつて御免なのに院外団なんて……。

——ちよいと待つた、とカンタロオは妨つた。人間は大体、過分の待遇を受けるときは一応怒つて見せたり強硬に辞退したりするもんだよ。無理するな。

この日、僕は彼と一勝負十分とかからぬ将棋を二十数番指し、彼が胡坐をかいてたててくれた茶を一服し、更に、

——これはうちの庭に出来た枇杷なんだが、物凄くうまいんだ。

と、彼が推賞する枇杷を五箇食べたところ、翌日一日、ひどい下痢に悩まされて閉口した。

テンポオ翰林院は月に一度、会員の自宅で会合を催す規約があつて、その第一回がヤスヂロオのところであつた。それに僕も加はつた。但し、むろん院外団としてではない。飛び入りで。ヤスヂロオは花屋の角を曲がつて二三分のところにある家に下宿してゐた。学生ばかり十人近く下宿してゐる家で、アカデミィの会合は隣りの部屋から聞えてくるアコオデオンとかギタアの伴奏つきで進行した。進行した——しかし、僕らは莫迦話に興じ、ヤスヂロオとタケオは碁を打ち、僕とカンタロオは将棋を指して閉会になつてしまつた。

それから、僕らは曇天の下を、もう暗くなつた路を辿つて駅の方に歩いて行つた。明るい花屋の角を曲がつたとき、カンタロオは突然立ち停まつた。

——ちよいと、花を見ようぢやないか?

僕らも立ち停まつた。可愛いひとは店先で花の這入つてゐるバケツに水を加へてゐた。彼女はヤスヂロオを見ると、ちよいと笑つて会釈した。すると、カンタロオが娘さんに訊ねた。

――この男が前に買つた花がありましたね？　ややこしい名前の……。

――はあ、娘さんは笑つた。

――何て名前でしたつけ？

娘さんは花の名前を云つた。すると、カンタロオは大声で笑つてヤスヂロオを振返つた。ヤスヂロオは何やら危険を感じたらしく、眼鏡をつつきあげると急いで娘さんに云つた。

――この男がカアネエシヨンが欲しいつて云ふんで寄つたんだけど……。

――カアネエシヨンでございますか？　娘さんはカンタロオを見上げた。

カンタロオは威勢よく応じた。

――さう、赤と白と二本づつ頂かうかな。

しかし、彼は横眼でヤスヂロオを睨みつけた。

――武士の情をもつておだやかにすまさうと思つたが、眼には眼を、歯には歯を、つて知つてるだらうな？

そしてカンタロオは娘さんに、ヤスヂロオは未だに花の名前が覚えられぬから未だに娘さんに書いて貰つた紙を大事にしまつてゐる、と大声で説明した。のみならず、枯れてしまつた花をセロファンに包んで天井からぶら下げてゐるなんて云つた。

——天井からですの？　娘さんはちよいとポカンとした。

ヤスヂロオは、嘘つけ、と云つて苦虫を潰した顔をしてゐた。気の毒ながら、可愛いひとの眼にヤスヂロオは少しばかり不可解な男と映つたかもしれない。花屋を出て静かな路を歩きながら、カンタロオは大声で独言を云つた。

——もの云へば懐寒し秋の風、か。

暗い静かな路には沈丁花の香が漾つてゐた。それをイシノ・タケオは、木犀の香はいいね、と云つた。ところがカンタロオも威勢よく、全くいい香だと相槌を打つたので、ヤスヂロオは急に元気づいて二人を攻撃した。

僕らは駅近くの三軒の店でお酒を飲んだ。更に、清楚なひとのゐる店に行つてみた。店には先客は一人もゐなかつた。キリギリス嬢はスタンドのなかで、何か本を読んでゐた。僕らは四人向ひあつて坐る席について、ビイルを飲むことにした。普段はカンタロオの毒舌の前に、ヤスヂロオもタケオも至極影がうすかつた。しかし、お酒なんか飲むとタケオは莫迦に勇ましくなり、反対にカンタロオは次第に無口になり、最後は居睡りを始めたりした。このときも、タケオはテンポオ翰林院の会長が睡さうな顔をしたり、欠伸したりするのは以ての他である、とカンタロオをたしなめた。

——申訳ありません。

カンタロオはいとも簡単に恭順の意を示した。呆気なかつたためか、タケオは店のなかを眺めまはし、最後にキリギリス嬢に眼をとめた。彼女はスタンドに凭れて、小指の先を頬つぺたにあてがつて本を読んでゐた。

——君、君、ちよつと。

と、タケオが叫んだ。彼女が近くへ来るとタケオは眼鏡を外し、ズボンのポケットから少し汚れた手巾を引つ張り出して叮嚀に眼鏡の玉を拭くと、もう一度眼鏡をかけて彼女を打ち眺めた。キリギリス嬢はちよいと面喰つたらしかつた。

——何ですの？

——止めました、とタケオが偉さうに云つた。君にカアネエションをやらうと思つたがどうも気に喰はぬから止めました。

――おや、と彼女は云つた。何故ですの？　欲しいわ、カアネエションヨン。

――いや、やらない。断じてやらない。

しかし、やるとしたところで、カアネエションは既に前の店に置いて来てしまつてゐたから、やれる筈がなかつた。のみならずタケオは、ヤスヂロオの審美眼によると貴女は清楚な美人であるさうだが小生の眼から見ると水気の足りない茄子の如きものである、と断定した。これには僕もヤスヂロオも驚いた。睡さうな顔をしてゐたカンタロオまで眼をパチクリさせると、狼狽してタケオの口を塞がうとした。しかし、何にもならなかつた。清楚なひとは憤然とした面持で僕らに背を向けると、スタンドのなかに這入つて、顎を突き出すやうな恰好で僕らを一瞥するともう二度と僕らの方は見なかつた。

――やれやれ、とカンタロオが呟いた。

ヤスヂロオはびしよ濡れになつた犬のやうに、頗る意気銷沈の態であつた。彼はアカデミイの会合の延長をここへ持つて来たことを、大いに後悔してゐるらしかつた。仕方がない。僕らは、まだ威張つてゐるタケオを引つぱつて退却するの止むなきに至つた。外へ出たら、いつのまにか小雨が降り出してゐた。そればかりか、電車もなくなつてしまつてゐた。だから、僕らは静かな——いつもより更に静かな路を濡れながら歩いて行つて、ヤスヂロオの部屋に泊めて貰ふほかなかつた。

ところが、タケオが散歩しようなんて云ひ出したので、一悶着起きた。僕らは雨に濡れる真夜中の散歩を歓迎するほど天才的な勇気は持ち合はせてゐなかつた。しかし、タケオは矢鱈に勇ましくなつた。

——われ酔ひて眠らんと欲す、君しばらく去れ、明朝意あらば琴を抱いて来れ。

とか、妙なことを口走つてどんどんヤスヂロオの下宿と反対の方に歩いて行つた。僕らは戸を閉めた一軒の商店の軒下に立つて様子を見ることにした。僕らの予想では彼は二分と経たぬ裡に引返して来る筈であつた。ところが、五分ばかり経つても戻つて来る気配がなかつた。だから、彼を探しに行かざるを得なかつた。

四五町歩いて大きな森の見える辺りまで来ると、突然、背後からガラガラと大きな音が追ひかけて来たので驚いて振り返つた。僕らは街燈の明かりで、それが一台の荷車なのを認めた。而も、それを引いてゐるのが紛れもなくタケオであることも。僕らは狼狽して逃げ出した。僕らは路傍に荷車がおいてあつたのを知つてゐた。その上にたくさん載つてゐた桶から推測して極めて汚いものを運搬する荷車だと承知してゐた。だから三十六計を極めこむのが、最も賢明だと突嗟に判断したのである。

——待て、諸君、とタケオが怒鳴つた。

しかし、僕らの誰一人、そんな臭い奴を待つものはなかつた。この競争は、五十米と走らぬ裡に終りになつた。荷車はドサリと大きな音を立てて路傍の生垣に突入してしまつたから。僕らはそれから、別な路を通つてヤスヂロオの下宿に行くことにした。荷車の桶は空だつたとタケオは云つた。事実、空でなかつたらタケオが簡単に引つ張れないに相違なかつた。しかし、僕らは彼が近寄ると、何となく多少の間隔を置きたい気持になつた。殊にヤスヂロオは、君、そのまま俺の布団で寝るのかね？　と深刻な顔をしてゐた。

——わがアカデミイも前途多難だな。

と、カンタロオも珍らしく弱音を吐いたりした。が、タケオは一向に平気で、歩いてゐる裡に現はれた右手の広い原つぱの立札を引き抜かうではないかと提案した。僕らが反対する暇もなかつた。彼は鉄条網を乗り越えると、立札に手をかけて揺り動かし始めた。僕らは近くの裸電燈の明かりで立札の文句を読んだ。

立入ヲ禁ズ　……軍用地

——こいつはまづいよ、とヤスヂロオが云つた。

僕らは思はず辺りを見まはした。そして僕らがタケオに警告しようとしたとき、彼は引き抜いた立札を鉄条網ごしに投げて寄越した。立札は濡れた舗道に吃驚するぐらゐ大きな音を立てた。六尺以上もある丸太に板を打ちつけた立札を担いで、タケオは意気揚揚と歩いた。そのあとから僕らは憲兵でも現はれやしないかと、びくびくもので雨のなかを歩いて行つた。

——何のための翰林院だい？

僕はカンタロオに訊ねた。

——どうも俺にも判らなくなつた、とカンタロオは云つた。何しろ人選を間違へたよ。あいつを院外団にすべきだつたよ。

テンポオ翰林院の月に一度の会員宅の会合は、これが最初にして最後であつた。賢明なる会長カンタロオは、後難を怖れて二度と開かうとしなかつたから。現にその後、ヤスヂロオは清楚なひとの店も遠慮せざるを得なくなつたし、立札の処分に長いあひだ煩悶せねばならなかつた。部屋に立てかけて置くわけにもいかなかつた。立札は暫くのあひだヤスヂロオの部屋の二段になつた押入れの上の段に、斜めにして入れてあつた。

——どうも世間が狭くなつた気がするよ。

と、ヤスヂロオは浮かぬ顔をして述懐した。最後に、彼は鋸で立札を処分した。しかし、処分したのは立札ばかりではなかつた。その夜、ヤスヂロオの部屋に辿りついたとき、立札を投げ出したタケオはポケツトから魔術師みたいに表札を五箇とり出して見せた。

月に一度の会員宅の会合は中止したけれども、テンポオ翰林院の会合はその後もつづいて行はれた。何しろ、学校で三人顔を合はせればそれでよかつたから簡単至極であつた。ある晴れた日、ボンの二階に行くと例によつて翰林院の三人が坐つて莫迦話に興じてゐた。そこに僕も加はつて、何故カンタロオは音痴であるかと云ふ問題を論じあつてゐると、ドドンと大きな音がして、空に爆音が聞えた。

——何だい？

僕らは二階の窓から首を突き出して見た。すると、すぐ近くの上空を丸に星のマアクをつけた飛行機が飛んで行くのが見えた。左手の騎兵聯隊の上空には丸く白い烟が五つ六つ浮かんでゐた。更に、どこかでドドンと云ふ音が聞えて来た。

——空襲かい？

——サイレンが鳴らなかつたぜ。

僕らにはさつぱり見当がつかなかつた。二階にゐた他の学生連中はみんなどこかに行つてしまつた。すると会長カンタロオが尤もらしい顔をして云つた。

——どうも手の込んだ演習をやるぢやないか。

——演習？

僕らは合点が行かなかつた。しかし、カンタロオの説によると、僕とかヤスヂロオとかタケオとか不心得者の多いのを嘆いて、当局はアメリカのマアクをつけた日本機を飛ばして不心得者の反省を促さうとしてゐると云ふことになつた。ところがそのとき、窓の下の往来から、

——……病院が火事だぞ。焼夷弾が落ちたんだ。

と云ふ大声が聞えた。

——火事まで起すなんて、凄い演習だな。

僕が云ふと、カンタロオはすまして応じた。

——このくらゐ実感をこめてやらんと、不心得者には判らないからな。

しかし、僕らはともかく外に出ることにした。往来に出て、曲角をまはると三百米ばかり先にある病院から烟が出てゐて、看護婦や若い男が担架で病人を運び出してゐた。

——手伝ひに行かうぢやないか。

と、歩き出さうとしたとき、角帽を被つて腕章を巻いた学生が自転車で走つて来た。彼は僕らを認めると、メガフオンを口にあてがつて大声に怒鳴つた。

——こらつ、そこの怠け学生。何を愚図愚図しとるか。学校に戻れ。

僕らは大いに腹を立てた。しかし、気がついて見ると、附近に学生は一人もゐなかつた。あの野郎威張つてやがるなとか、何云つてやがるとか、ブツブツ文句を云ひながらともかく僕らは文学部に行つてみることにした。

文学部の事務所の前には五十人ばかりの学生が並んでゐた。何だい？　と訊くと何だか判らないが集合の命令が出たと云ふ答であつた。そこで僕らも並んでゐると、事務主任がのこのこやつて来た。彼は戦闘帽を被り、背広のズボンにゲエトルを巻いてゐた。そして僕らの前に立つと、ちよいと昂奮して声を震はせて三分ばかり演説した。演説の趣旨は、あれは必ずアメリカの飛行機に相違ないが、どこを基地として飛んで来たか判らないと云ふものであつた。最後に事務主任は、

——当文学部の諸君は只今よりA庭園の守備に当るのであります。宜しく奮闘努力して欲しいのであります。本来ならば、教授か他の先生の誰方かに監督して頂く筈でありますが、生憎、お出でになりませんので、不肖マツダが諸君を引率するのであります。

と云つた。するとカンタロオがいきなり威勢よく拍手した。他の学生もつられて拍手した。帽子の下から半白の髪を覗かせてゐる事務主任は顔を赧くすると、狼狽てて拍手を鎮めた。

事務主任は奮闘努力せよと云つた。しかし、学校附属のA庭園に行つても、僕らは奮闘努力すべき対象を見出さなかつた。僕らは庭園のなかを散歩したり、芝生に寝転んで青空を眺めたり、大声でカンタロオの音痴である理由を論じつづけたりした。庭園には植木屋の職人が何人か這入つてゐて、鋏の音が至極のんびりと聞えた。そして事務主任は、植木屋の親爺と話を交したりしてゐた。……

戦後まもなく、僕はこの庭園に行つてみたことがある。空襲にやられて、庭園の樹立は殆

ど姿を消し、芝生は枯れて地肌がむき出しになり、裸の築山《つきやま》の天辺では四五人の学生が新聞紙を敷いて弁当を食べてゐた。

——ひどいもんですね。

——ええ、まるつきり、昔の面影はありません。

僕は同行の知人と話しながら、最初の空襲のときを想ひ出したりした。戦争が終ると、前後してカンタロオもタケオも銃を捨てて帰つて来た。しかし、ヤスヂロオは帰つて来なかつた。北国にある彼の家から、便りが来た。ヤスヂロオは戦死した、と。

テンポオ翰林院の解散式と云ふのがあつて、それに僕も出席した。と云ふより出席させられた。式はカンタロオの家で行はれた。僕は有名無実の翰林院に、いまさら解散式は必要であるまいと注意した。が、カンタロオはそれを簡単に無視して、僕の出席を強制したのである。それは卒業する少し前のことで、夏の暑い日であつた。夏の暑い日——と云ふのは、僕らは九月に卒業したから。

しかし、式と云つても何もなかつた。ただ、壁に貼りつけてあつた会則とか会員名を書いた紙を庭でカンタロオが燃すのを、僕らは縁側で見物したにすぎない。紙はたちまち燃えてしまつて至極呆気なかつた。すると、カンタロオは、テンポオ翰林院万歳を三唱しようと提案した。しかし、みんなニヤニヤして誰れも賛成しなかつた。

——何だ、だらしがないぞ。ぢや、俺一人でやらう。

と云つて、彼は勇ましく叫んだ。テンポオ翰林院万歳、と。が、一回唱へると、アッハッハと笑つて止めにしてしまつた。すると、彼のお母さんが顔を出して、一体何事か？　と訊ねた。

僕らはカンタロオのたててくれた茶を飲み、入営するために帰郷するタケオを近くの駅まで見送つた。タケオは、彼がそれまでに書いた詩を清書して和綴じにした詩集二冊を僕に渡して、

——預つておいてくれないか。

と云つた。その他何も云はず、彼は駅の階段を登つて行つてしまつた。ちやうど、文学部の階段を登つて行くときと同じやうに。幾らか前屈みの姿勢で。

それから、僕とヤスヂロオは用のあるカンタロオに別れてお酒を飲んだ。ヤスヂロオの下

宿のある駅に降りたころは、二人ともちよいとばかりいい気嫌になつてゐた。ヤスヂロオは、その翌日、やはり兵隊になるために帰郷せねばならなかつた。だから、僕らはささやかな別れの宴を設けたのである。

僕らは駅近くの一軒の店に這入つた。学校や友人の話をしてゐると、僕の隣りにゐた眼鏡をかけてちよび髭を生やした四十年輩の男が、僕らに話しかけた。

――君たちはX大学の文科の学生かね？

さうだと答へると、彼は偉さうに点頭いて、自分は諸君の先輩であつて、名前を云へば諸君も必ず知つてゐる人間だと云つた。

――しかし、僕は云はない。云つてもつまらんことだからね。

彼は何だか古ぼけた背広を着て、よれよれのネクタイを結んでゐた。が、暑いので、ネクタイはだらしなくゆるめてあつた。僕らは顔を見合はせた。

――云つてもいいんだが、と男は云つた。名刺もある。いいね、若い裡は。青春とは莫迦野郎ばかりの軍人とか役人の世界にはありません。

――いけませんよ、△△さん。

と、店のお神さんがたしなめた。が、生憎その名前が僕らにはききとれなかつた。男は何やらちよいと面喰つた顔をして、僕のことかね？　とかお神さんに訊ねた。が、お神さんは別の客の相手をし始めてゐたので、彼は再び青春を讃美した。

——僕はね、永遠の青春を持ちつづけたいと念じてゐるんだ。どうだい、僕は？

——青春の権化みたいです。

僕は正体の知れぬ、もしかするとたいへん有名かもしれぬ人物に敬意を払つてさう云つた。すると彼は頗る喜んで、それぢや名前を告げずばなるまい、と名刺入れを取出した。が、取出して見せた名刺はその男のではなくて、僕らが教場でお馴味の碩学として知られてゐるH教授のものであつた。その裏には、ペンで字が書いてあつて認印が押してあつたから、多分、紹介の名刺だつたのだらう——と云ふのは、彼はその名刺を僕らの鼻先にヒラヒラさせて、うつかり手に取らうとしたら急いで引込めてしまつたから。

——ね、ちやんとH先生の名刺を持つてゐる。僕の大体の輪郭も判つたらう？　これでもその道の人に訊けばちやんと名の通つてゐる人間です。しかし、僕は勿体ぶるのが嫌ひなんでね……。

——御仕事は、とヤスヂロオが訊ねた。何ですか？

——仕事？　と、男はちよいと眼をぱちくりさせた。仕事はさる仕事をしてゐます。小説家も沢山知つてゐる。学会にも這入つてゐる。しかし、まあそんなことより大いに飲まう。おい、酒をくれ。

——大丈夫なの？

と、お神さんはこの大人物に失礼なことを云つて、一向に尊敬してゐないらしかつた。しかし、大人物はお神さんなんか気にとめずに、これから銀座へ行つてシャンパンを抜かうと云ひ出した。銀座ならどこでも顔である。嘘だと思つたら来て見給へ。シャンパンはいい。

——僕はこれでも相当の男だからね、こんなケチな店で飲まなくてもいいんだ。

——おや、へんなこと云ふぢやないの？

と、お神さんは感情を害した。が、大人物は依然としてお神さんなんか眼中にないらしかつた。

——いいね、と彼は云つた。若い連中が一番いい。どうだらう？　見たところ、僕はどの程度の人物に見えるかね？　いや、止さう。僕は勿体ぶるのが嫌ひでね。名前を云つてもいいんだが、君たちが驚くと困るんでね。

僕らは別に驚くとは思はなかつた。しかし、大人物の名前なんて知らなくても、一向に差支へないと云つた。すると、彼はそれでこそ青春だと妙なことを力説した。僕らが何かの拍子にテンポオ翰林院の話をしたら、彼はひどく気に入つたらしく、是非会員にして欲しいと頼んだ。

――アカデミイ・テンポオ、と彼は云つた。いいね、まさしく青春の権化だ。

しかし、今日解散したと告げると、ひどくがつかりして、大きな音を立てて洟をかんだ。そして、僕らが出ようとすると、彼は狼狽てて引き止めて、是非銀座に行かうと云つた。僕とヤスヂロオは、この大人物をそろそろ敬遠した方がいいと考へた。が、大人物は片手に莫迦にふくれた古鞄を提げ、片手に太いステッキを持つて僕らについて来た。

――諸君、と彼は云つた。僕は今日大金を持つてゐるんだ。しかし、銀座は遠いから、この近くの素晴らしい店に案内しよう。モナ・リザのゐる店なんだ。

僕らはその店までつれて行かれて驚かぬわけには行かなかつた。静かな路に這入つたとき、まさか、と思つた。が、モナ・リザのゐる店は例のキリギリス嬢のゐる店にほかならなかつた。僕らは顔を見合はせて躊躇した。僕らが退散しようとすると、大人物は鞄とステツキを入口に置いて僕らを摑まへたので、僕らは観念せざるを得なかつた。

——おお、わがモナ・リザよ、と大人物はキリギリス嬢に呼びかけた。シヤンパンはあるかね？

キリギリス・イクオオル・モナ・リザはつんとして何も云はなかつた。彼女は若い浴衣がけの男と親しさうに話してゐた。その替り、牝牛に似たマダムがゐてかう云つた。

——また例の癖が始まつたのね。

どうやら大人物は、僕らと同様、歓迎されざる客らしかつた。しかし、大人物は平然としてビイルを注文し、僕らはテンポオ翰林院と青春のために乾盃した。僕はヤスヂロオに訊ねた。いまでもキリギリス嬢を清楚なひとと思ふか、と。

——丸太棒みたいに思へるよ、とヤスヂロオは云つた。

——丸太棒？　と大人物が大声で口を出した。何が丸太棒かね？

僕らは話題を転ずるために、大人物にギリシヤ語が出来るかと訊ねた。大人物は眼鏡をかけ直して、ギリシヤ語、ラテン語は一応読めるが、英独仏語に自分くらゐ通じてゐる人間は日本広しといへどもさう多くはあるまいと自慢した。

——さうだ、と彼は云つた。ひとつ歌を歌はう。ドイツ語で歌つてやらう。何がいいかね？　何でも知つてるんだ。ロオレライでも何でもいい。

僕らはロオレライを歌つて貰ふことにした。

——よろしい。

驚いたことに大人物は立ち上り、両手をズボンのポケットに突込むと、天井を向いて大声で歌ひ出した。店にゐる連中は一瞬ポカンとして彼を眺めた。それからくすくす笑ひ出した。しかし、大人物は天井を向いて、顔を真赤にして歌ひつづけた。真赤——しかし、必ずしも酒のためばかりではなかつた。その歌は音痴のカンタロオの歌と兄《けい》たり難く弟《てい》たり難い出来栄であつた。しかしその歌ふ熱情に至つては、到底カンタロオの遠く及ぶところではなかつた。但し肝腎のドイツ語の発音は——これはあるいはカンタロオの方がましかもしれぬと思はれる節があつた。

歌ひ終つたとき、僕らは拍手を惜しまなかつた。大人物は上気嫌で、一晩中歌ひつづけても差支へなささうな口調で云つた。

——次は何をやるかね？　何でも知つてるんだ。

——ゲエテがいい、とヤスヂロオが云つた。野薔薇を歌つて下さい。

——ふむ、と大人物は考へ込んだ。さうだ、やつぱりロオレライがいい。

そしてまたロオレライを歌ひ出した。僕らはちよいと食傷気味になつて、上つたり下つたりする彼の咽喉仏を眺めたり、低声で話しあつたりした。キリギリス嬢は若い男に、大人物の話をしてゐるらしくときをり大人物の方をちらりと見た。そして自分の頭を指先で叩いてみせたりしてゐるところから判断すると、この大人物にひどく失礼な評価を下してゐるのかもしれなかつた。

大人物は二度目のロオレライが終ると、

——少し、休憩しよう。

と坐り込んだ。僕らはカンタロオやタケオがゐたら面白かつたのに、と話しあつた。僕の手許に詩集を残したタケオは、汽車のなかにゐる筈であつた。あるいは食堂車で飲んでゐるかもしれぬ、と僕らは想像した。

——明日は、ヤスヂロオが独言みたいに云つた。僕も都落ちだ。

——明日？　と大人物が聞きとがめた。明日のことは誰にも判らないよ。
僕らは点頭いた。そして乾盃した。誰にも判らない明日のために。

ゴンゾオ叔父

ゴンゾオ叔父は身長は五尺二三寸しかなかつたけれども、目方は二十四五貫もあつて、たいへんふくれてゐた。一体、如何なる仔細があつてそんなにふくれ上つたのかよく判らないが、僕は子供のころ、叔父はアドバルウンのやうなものであつて、なかには空気がつまつてゐるのだらうと思つてゐた。叔父に紐をつけて、風船のやうに持つて歩けたら、と僕は想像した。しかし、叔父は僕が少し押したぐらゐではびくともせず、とても宙に浮きさうにもなかつた。

浮くどころか、ある日、ゴンゾオ叔父につれられて動物園に行つたとき、一軒の茶屋で休息したところ、叔父はその茶屋の縁台をこはしてしまつた。いくら叔父が肥つてゐるからと云つて、縁台がさう簡単にこはれる筈もなからうから、多分、その縁台はこはれかけてゐたのに違ひあるまい。しかし、こはれたのは事実だから、尻餅をついたゴンゾオ叔父も茶屋の婆さんも附近の連中も吃驚した。

——まあまあ、申訳ございません。

茶屋の婆さんが謝つた。ゴンゾオ叔父は鷹揚に点頭いて、

——何しろ、象や河馬もゐるところだからね。そのつもりで縁台をつくつた方がいいよ。

尤も、象や河馬が縁台に坐ることはないだらうがね。

と云つた。婆さんは叔父の妙な言葉に面喰つたらしかつた。

——御尤もで。ほんとに旦那さまは御立派な御体格で……。

ゴンゾオ叔父は自分が肥つてゐたせゐかどうか知らぬが、女性を見ても肥つたひとを美人だと云つた。たいへん肉附のいいKさんと云ふ母の友人を見たとき、ゴンゾオ叔父は母に云つた。

——あれはなかなかな美人だね。

——こんど、さう云つてあげませう。

僕は叔父に訊ねた。

――ビジンつて何なの？

――美人と云ふのは、とゴンゾオ叔父は眼をパチクリさせた。つまり、その、いいひとつて云ふことだ。いいひと、つまり、その、きれいなひとつて云ふことだ。

僕にはどうも合点が行かなかつた。

――どうして、Kさんのをばさんが美人なの？

――どうしてだつて？　それはつまり、あのをばさんは肥つてゐるだらう？　だから美人なんだ。

――ぢや、肥つてゐるひとを美人つて云ふの？　叔父さんも美人なの？

叔父は眼をパチクリさせた。

――いや、と叔父は云つた。叔父さんは美人なんて云ふもんぢやない。もつと偉いものだ。何しろ、叔父さんは男だからな。間違へちやいけない。叔父さんを美人だなんて云つたら笑はれるよ。

しかし、叔父自身は痩せた女性――つまり、僕にとつては叔母であるが――を細君にしてゐた。その辺が、僕にはよく理解出来なかつたけれども叔父は一向に意に介さぬらしかつた。尤も、叔父の説明によると、一家のなかに肥つた夫婦がゐると家が潰れる危険があるためらしかつた。

叔父は年に何回か、信州の山のなかのちつぽけな町から上京して来た。上京して来ると、僕をつれてあちこちに行つた。一度、野球見物に——確か都市対抗だつたと思ふが——行つたとき、僕らの隣りにひどく肥つた若い女性がもう一人眼鏡をかけた痩せた女性と二人で坐つた。その二人がひそひそ低声で喋る言葉が僕の耳に這入つた。

——このひとの隣りだと、と肥つた方が云つた。あたしもそんなに眼立たないわね。このひと、何貫ぐらゐあるかしら？

——百貫デブ……。

二人は横眼で叔父を見てくすくす笑つた。が、叔父はそんな失礼な会話が進行中とはとんと御存知なく、専らグラウンドに気をとられてゐた。僕は叔父にその失礼な会話を報告せねばならぬ義務を感じて、実行した。

——何だつて？

叔父は大声で僕に訊きなほした。僕は叔父の耳に口をあてがひ低声で繰返した。叔父は眼をパチクリさせると、隣りの肥つた女を眺めて頗る興味をそそられたらしかつた。

――ほほう、と叔父は云つた。これはなかなかたいしたものだ。

――美人だね？

――まさにその通り、と叔父は云つた。このひとの隣りだと叔父さんも影がうすくなる。

二人の女性は顔見合はせて、失礼ね、なんて呟いてゐた。僕は二人の女が何故腹を立てるのか判らなかつた。

――怒つてるよ。

――いや、と叔父が云つた。肥つた人間は気が長いものだ。矢鱈に怒つたりしないものだ。叔父さんをごらん。ちつとも怒らないだらう？　これがいい証拠だ。怒ると、人間はだんだん痩せてくる。痩せてくると、怒りつぽくなるから、また痩せてくる。しまひには針金みたいになる。人間が針金みたいになつちやいかん。

するると、眼鏡をかけた痩せた方が、急に立ち上ると肥つた方を促した。

――ほかに移りませうよ。

二人が席を変へるのを見て、僕は叔父に云つた。

——あのひとたち、引越しちやつたよ。

叔父は眼をパチクリさせて僕の顔を見た。それから、から云つた。

——叔父さんが象だとすると、あれは河馬ぐらゐかな？


僕は小学生のころ、夏休みに何回かゴンゾオ叔父の家に行つた。母と一緒に行つたこともあるし、叔父が迎へに来て一緒に行つたこともある。いつだつたか、多分小学校の三四年生のころ、僕は叔父の家で一夏を過した。

叔父の家から二町ばかり行つたところに河があつて、子供たちはその河で泳いだ。僕はそのころ、まだ泳げなかつたから、河原の石を跳んだり、小さな魚を手で捕へようと空しい努力を重ねたりしてゐた。

ある日、ゴンゾオ叔父が河にやつて来た。叔父は浴衣を着て、大きな麦藁帽子を被つてゐた。叔父は河原の大きな石に腰を降してゐたが、何を思つたのか急に浴衣を脱いでパンツ一枚の裸になつた。

――泳げないのはいかん、と叔父が云つた。叔父さんが水泳を教へてやらう。

――叔父さんは泳げるの？

――叔父さんは泳ぎの名人だ、と叔父は眼をパチクリさせた。さあ、早く裸になるんだよ。

僕らは子供たちが泳いでゐるところよりずつと上流の方に歩いて行つた。河は浅く石が多く、水泳に適してゐるとは云へなかつた。が、あちこちにちつぽけな淵のやうなものが出来てゐて、子供たちはそんなところを利用して泳いでゐた。

――ここがいい。

と叔父がひとつの淵を選定した。そこは幅二米ばかり、長さ五米ほどの淵にすぎなかつた。叔父は、水に這入る前にはよく運動しなくちやいかん、と云つて僕に訊ねた。

――学校で習つた体操を知つてゐるだらう？　それをやらう。

そこで僕は、ひとつひとつ見本の型を示し、それから号令をかけて二人で体操をした。途中で僕は叔父をたしなめた。

――叔父さん、間違へてばかりゐるよ。

――そんなことはどうだつていい、と叔父は云つた。要するに身体を動かしてればいいんだ。間違へたつて間違へなくたつて、水に這入つたら同じことだ。学校の先生みたいなことを云ふものぢやない。

体操が終つて水に這入るとき、僕は叔父に石の上から飛び込みをやつて見せてくれと頼んだ。が、叔父はそれに反対した。肝腎なのは水に浮くことであつて、派手な恰好で水に飛び込んだりするのは水泳の何たるかを心得ぬ者のすることだと云ふことになつた。

僕らはそこで、静かに水に這入つた。這入つてみると、案外浅くて僕の胸の辺までしかなかつた。叔父は肥つた胸やお腹をピチヤピチヤ叩いて、まづ、水に浮く秘訣を伝授しようと云つた。秘訣と云ふのは、いとも簡単であつた。顔を水につけて、手足の力を抜いて伸ばしてゐると自然に浮いてゐると云ふのである。

——人間の身体は、と叔父が云つた。水に浮くやうに出来てゐるものだ。浮かない方がをかしいのだ。忘れちやいかん。

——何を忘れちやいけないの?

——いま、叔父さんの云つたことだ。さあ、やつてごらん。

僕は顔を水につけ、それから手足を伸ばさうとすると、不思議なことに僕の身体は水に沈みかけ、僕の鼻のなかに水が這入つて頭がキインとした。僕は大いに狼狽して両手で矢鱈に水を叩いてやつと立ち直つた。僕が何遍も鼻を鳴らすのを見て叔父は云つた。

——さうさう忘れてゐた。顔を水につけたら、呼吸を止めるのだ。

——そのくらゐ知つてるよ、僕は云つた。でも、水が這入つちやつたんだよ。

——ふむ、と叔父は眼をパチクリさせた。ぢや、叔父さんが手本を見せてやらう。

叔父は水に顔をつけ、次に手足を伸ばした。すると、水の上にまるまると肥つた叔父の身体が浮いた。叔父は身動きひとつせず、静かに浮かんでゐるので、僕は些か物足りなかつた。叔父の身体は少しづつ流されて、たうとう淵の端まで行つてしまつた。淵の外れの石に手が触れたとき、叔父は顔をあげて僕を振り返つた。が、次の瞬間、叔父はひどく狼狽したやうに矢鱈に両手で水を叩いた。一二度、叔父は水のなかに潜つた。それから、もう一度、静かに水の上に浮くと今度は両足をバタバタやつて僕の方に戻つて来た。

——どうしたの？

と、僕は訊ねた。

——どうも驚いた、と叔父は云つた。あそこはとても深いのだ。きつと叔父さんの背の三倍ぐらゐはあるかもしれない。

——ぢや、危いね、と僕は云つた。溺れるかもしれなかつたね。

——そんなことはない、と叔父は云つた。叔父さんが溺れるなんてそんな莫迦な話はない。

その日、僕はゴンゾオ叔父の指導宜しきを得たせゐかどうか知らぬが、ともかく水に浮くことは浮くやうになつた。僕は叔父に、いろんなフオオムで泳いで見せて欲しいと頼んだ。と云ふのは、叔父は水に浮いてゐるばかりで一向に両の手足を用ゐての水泳を見せてくれなかつたから。

——人間は慾ばつちやいかん、と叔父は僕をたしなめた。水に浮くことを習ふときはそれに専心しなくちやいかん。

——センシンつて何なの?

——専心とは、と叔父は云つた。そのことばかり一心不乱に考へることだ。やつと水に浮くことを習ひ始めの者が、水泳の型なんか考へたつて何にもならん。つまり、それは慾ばりと云ふものだ。

——でも、泳いで見せてくれたつていいぢやないか。

——それがいかん、と叔父は云つた。つまり、泳ぐのを見ると早くその真似がしたくなつて肝腎の基本がおろそかになる。それは大間違ひだ。それに、大体、こんなちつぽけな淵で泳げたものぢやない。

——もつと広いところだつてあるよ。

——ふむ、それはまた、その裡に見せてやることにしよう。

しかし、洵に遺憾ながら、僕は叔父の見事な水泳のフオオムを見ることなく帰京せねばならなかつた。と云ふのは、もう夏休みも終りに近づいてゐたから。そして、夏休みが終り近くなるまで、叔父は僕の希望を適へてくれなかつたから。

——今日は忙しい、と叔父は云つた。とても水泳なんてしてをれない。

そのくせ、覗いて見ると叔父は書斎の真中に大の字に寝転んで、お腹の上に座布団をのせて昼寝してゐた。座布団をのせたのは、多分、寝冷えを防ぐためだつたのだらう。

——今日は少し涼しすぎる、と叔父は云つた。こんな日、水に這入ると身体を悪くする。

そのくせ、叔父は裸で裏の清水から手桶に水を汲んで来ては威勢よく庭に水を打つた。庭の石燈籠にも念入りに水をかけた。何のためかと訊ねたら、苔を生やしたいのだ、と答へた。

僕は河原から手頃の石を拾つて来て、毎朝丹念に水をかけて見たが、苔なんか一向につきさうもないので止めてしまつた。

僕が帰京するとき、叔父は一緒について来てくれた。叔母はいろいろ土産物を用意してくれた。それを、僕と叔父と二人で分担して持つことにした。

——叔父さんは暢気者だから、と叔母は僕に注意した。土産物の荷物に気をつけるのよ。汽車に置き忘れるぐらゐ平気だから。

——莫迦を云へ、と叔父は云つた。お前なんか何も知らんのだ。俺は旅行の名人だ。俺と旅行すりや間違ひはない。

しかし、汽車が来て乗り込むとき、叔父は土産の包みを待合室のベンチに置き忘れた。叔母がそれを汽車の窓口まで持つて来て、叔父に注意した。

——云はないことぢやありませんよ。ほんとに気をつけて下さいよ。こなひだだつて、折角の鯉を忘れたりしたんですからね。

——つまらんことを云ふな、と叔父はふくれ面をした。女はとかくうるさくていかん。

僕と叔父は向ひ合はせの席に坐つた。叔父はパナマ帽を被り、白麻の洋服に白靴を穿いてゐた。が、汽車が走り出すと、叔父はまづ帽子を脱いで網棚にのせ、次に上着を脱いでこれも網棚にのせ、ズボンのバンドに手をかけてちよいと考へた。ズボンも脱ぐのかと思つたらそれはやらぬらしく、靴と靴下を脱いで、床の上に新聞紙を敷いた上に素足をのせた。

——叔父さんは旅行の名人だ。と叔父は云つた。叔父さんの真似をすりや間違ひない。叔父は鞄から雑誌を出して見てゐたが、二頁と読まぬ裡に居眠りを始めた。が、三つ目か四つ目の大きな駅に着いたとき、ガタンと停車する音に叔父は眼を醒ました。

——欲しいものがあるかね？　と叔父は僕に訊ねた。何か買つてやらう。

——アイスクリイムがいいよ。

と、僕は希望をのべた。ゴンゾオ叔父は眼をパチクリさせて僕の顔を見た。

——アイスクリイムはいかん、と叔父は云つた。あれは下らんものだ。アイスクリイムの溶けたところを見たことがあるかね？　あれを見たら、とても食ふ気になれん。

——溶けない裡に舐めちやふんだよ、と僕は云つた。僕はアイスクリイムがいいよ。

——いいや、と叔父が云つた。さうさう、氷のブツカキを買つてやらう。

叔父は三角の経木に這入つたブツカキ氷を二つ買つた。僕は大いにがつかりしたけれども、仕方がない。氷のブツカキを齧ることにした。半分、やけつぱちになつて、バリバリ齧んでゐたら経木から氷の溶けた水が滴り落ちて、気がついたら、叔父が脱いでおいた白靴が濡れてしまつてゐた。僕はひどく吃驚して叔父に謝つた。

——ふむ、と叔父は靴を見た。まあ、仕方がない。氷の水なら乾けばもともとだ。これがアイスクリイムの汚点なんかだつたら、とてもやり切れん。アイスクリイムはいかん。

何故、叔父がアイスクリイムを眼の仇にしたのか僕には判らない。

——でも、僕はアイスクリイムの方がいいや。

ゴンゾオ叔父は眼をパチクリさせて僕を見た。それから、果物を買つてやらうと云ひ出した。ところが、果物なら買ふ必要がないことがすぐ判つた。と云ふのは土産の葡萄と林檎の籠があつたから。

叔父は網棚から、葡萄の籠を降すと、紙をビリッと裂いて一粒つまんで口に入れた。

——ふむ、と叔父は云つた。こいつはなかなか美味い。

——皮や種子はどうしたの？

——皮や種子だつて？　と叔父は至極情なさそうな顔をした。そんなもの、いちいち出してゐる奴があるもんか。出さないで食ふのが本当の食べ方で、これが一番美味いのだ。からすると、いくらでも食べられる。

叔父は僕に葡萄の大きな房をくれた。僕は叔父の真似をして丸ごと葡萄を食べた。何だかいくらでも食べられるやうな気がして来て、僕と叔父は交互に籠から葡萄の房をとり出した。葡萄の籠が半分ほど空になつたころ、ゴンゾオ叔父は林檎の籠を棚から降した。

——土産に持つて行くのは美味いものでなくちやいかん、と叔父は云つた。持つて行く人間がそれを知つてゐなければ何にもならん。

叔父は手巾を出すと、林檎の実をキユツキユツとこすつて皮ごと齧つた。

——ふむ、と叔父は大いに満足した顔になつた。これなら悪くない。お前もひとつ食べてごらん。

僕は叔父の真似をして、キユツキユツとこすると林檎を齧つた。

——どうだい、美味いだらう？

叔父と僕は葡萄をのみこみ、林檎を齧ることを交互に繰返した。

——林檎畑を見たことがあるかね？　と叔父は訊ねた。昔、叔父さんは林檎畑をやらうかと思つたことがある。そこで素晴らしい林檎をつくり出すのだ。他の林檎なんかとても太刀打出来ないほど、立派で美味い奴だ。

——それでどうしたの？

——つまり、思つただけでやらなかつた。しかし、果物はいい。果物はいくら食べても腹をこはさない。

気がつくと、籠は空つぽになつてゐた。

——叔父さん、お土産の籠が空つぽになつちやつたよ。

叔父は眼をパチクリさせて、ちよいと考へ込んだ。

——なあに、と叔父は云つた。つまり、始めからなかつたと思へばいい。簡単な話だ。土産はまだある。しかし、あれはあのまま手をつけずに置かう。気にすることはない。叔父さんは旅行の名人だ。叔父さんと一緒にゐれば間違ひはない。

汽車が上野に着いたとき、ゴンゾオ叔父は空の籠をぶら下げて、他の土産を忘れさうになつた。僕は叔母の言葉を想ひ出して、忘れもののないやうに気を配つた。にも拘らず、電車に乗り換へたとき、ゴンゾオ叔父は靴下を座席に忘れて来てしまつたと云つた。

——座席にはなかつたよ。

と、僕は云つた。

——ぢや、網棚の上だ。

——網棚の上にもなかつたよ。

——いくらなかつたつて威張つたところで忘れたものは忘れたのだ。これは、何とも仕様がない。

家に着いて一時間ほどすると、僕は猛烈な腹痛に襲はれた。僕は叔父の云つた——果物はいくら食べても腹をこはさない、と云ふ言葉を想ひ出して、この腹痛は何かの間違ひだらうと考へた。しかし、叔父と一緒に旅行すれば間違ひはない筈だとすると、何かの間違ひと考へるのも妥当でないかもしれなかつた。そこで僕は極力何でもないやうな顔をしてゐようと努めた。が、いくら努めても何にもならなかつた。母はいとも簡単に僕の腹痛を見破つてしまつた。母が叔父を睨みつけると、叔父は眼をパチクリさせた。

——なあに、と叔父は云つた。果物を少し食つただけだよ。果物はいくら食ひすぎたつて死ぬことはない。アイスクリイムはいかん。アイスクリイムを食ひすぎると始末に負へない。

死ぬことはない、と云ふのは有難いけれども、その晩、僕は大嫌ひなヒマシ油を飲まされた。僕はゴンゾオ叔父がヒマシ油を飲むときはどんな顔をするだらうと考へた。

翌日、寝てゐる僕のところにゴンゾオ叔父がやつて来た。どこかへ出かけるところらしく、洋服を着てゐた。叔父はちやんと靴下を穿いてゐた。

——その靴下どうしたの？

——これは叔父さんの靴下だ、と叔父はすまして云つた。ズボンのポケットに這入つてゐたよ。叔父さんは旅行の名人だ。滅多なことで忘れものなんかしない。

大分飛躍するが、それから十何年か経つたころ、僕が最後にゴンゾオ叔父を見たとき、叔父は空気の抜けたアドバルウンよろしく、皮膚がたるんで萎びてしまつてゐた。それは戦争が終つてまもないころである。最後にと云ふのは、それから二年と経たぬ裡にゴンゾオ叔父は死んでしまつたから。いま、ゴンゾオ叔父を想ひ出すと、僕の脳裡には空気が一杯つまつたアドバルウンのやうな叔父と、空気の抜けたアドバルウンのやうな叔父と二つの姿が浮かんで来て、妙にチグハグな思ひがする。

戦争が終つてまもないころ、用事があつて叔父のところから二里ほど離れたところの伯母の家に行つてゐたら、そこへ萎びたアドバルウンみたいなゴンゾオ叔父がやつて来て僕を吃驚させた。叔父は前から田舎新聞をやつてゐた。が、戦争の始まるころから、へんてこな病気になつた。何でもものごとを忘れる、と云ふ病気に。それがどんな病気か僕は知らないけれども、そのため、新聞の方もうまく行かなくなつてたうとう潰れてしまつた、と僕は聞いてゐた。

萎びたアドバルウンのやうな叔父を見て、僕は伯母に訊ねた。

——どうしたの？　叔父さん、すつかり萎びちやひましたね。

——どうもかうもないだ、と伯母は腹を立てた。あれにはみんながほとほと困つてるだ。有名なお医者に何人か診て貰つたが何ともならねえだ。へえ、あれを見るがいいだ、風来坊みたいにフラフラしてるだ。お前も勉強ばかりしてるとあんなに頭がをかしくなるだ。へえ、人間は暢気に暮すのが一番だ。

そこへ叔父が上つて来てかう云つた。

——その通り。だから俺は暢気にやつてゐるのだ。姉さんも始終腹ばかり立ててゐないで暢気にやつた方がいい。

伯母はすつかり腹を立てた。伯母は叔父にお説教するつもりらしく、ここに坐れ、と自分の前を指して命令したけれども叔父はまたブラリと出て行つてしまつて余計に伯母を怒らせた。

——よく判つただか？　と伯母は怒つて僕に云つた。いま坐れと云はれたのをもう忘れちまつて出て行つただ。何でもすぐ忘れちまふだ。

そんなにすぐ忘れると云ふのは、少しへんだと思つたけれども、疑問を表明すると伯母が腹を立てるだけだから、僕は尤もらしい顔をしてゐた。……叔父が死んだ翌年、伯母のところに行つたところ、伯母は怒つて僕に云つた。

——ゴンゾオも死んでしまつただ。へえ、みんなに心配ばかりかけて死んでしまつただ。あんな勝手な奴はないだ。人間は誰でも永生きした方がいいけれど、あんな者は早く死んだ方が良かつた。それがみんなのために良かつただ。

僕は伯母が腹を立ててゐる理由を知つてゐた。多分、伯母は悲しみとか愛情を立腹と云ふ形でしか表現出来なかつたのだらう。……

僕が帰るとき、ゴンゾオ叔父は駅まで送つて来てくれた。叔父の家は次の駅の町にあるが、僕は寄つてゐる時間がなかつた。伯母の家から駅まで半里ばかりの道を叔父と僕は並んで歩いた。ちやうど、昔、二人でよく歩いたやうに。僕らはいろいろ話をしたけれども、それは何の意味もなかつた。つまり、僕が同じことを五遍繰返して喋つても、十遍喋つても、それから三分と経たぬ裡に叔父は六遍目、もしくは十一遍目の同じ質問を繰返したから。

叔父はダブダブになつてしまつた洋服に下駄を穿いて、手には何のためか洋傘を持つてゐた。

——その傘は陽除け？

——この傘かね？　と叔父は眼をパチクリさせた。イギリスの紳士はいつでも傘を持つてるぢやないか。

僕は大いに恐れ入つた。が、このイギリス紳士は行儀がよろしいとは云へなかつた。何故なら、叔父は立ち停まると路傍の桑の木に向つて自然の要求に応じたから。

駅の改札口で叔父に別れるとき、叔父は僕にかう注意した。

——忘れものしないやうに気をつけた方がいいよ。

——はい。

僕がどんなに忘れものをする名人だつたと仮定したところで、この旅行のときだけは決して忘れものはしなかつたに相違ない。

汽車が走り出すとき窓から覗いてみると、ちつぽけな待合室のベンチに坐つてゐる叔父の姿が見えた。叔父は立てた傘の柄の上に両手を重ね、その上に顎をのせて自分の前方を見詰めながら坐つてゐた。それは、ぼんやり考へごとをしてゐるやうにも見えたし、また、何か忘れ去つたものを想ひ出さうとしてゐる姿にも受けとれた。その叔父の姿はたちまち僕の視界の外に消え去つたけれども、僕は暫く考へつづけた。

——ゴンゾオ叔父は何を想ひ出さうとしてゐるのだらう？　何を考へてゐるのだらう？と。

初出および解題

柿

初出：早稲田文学　一九四四年三月（下図）

＊「揺り椅子」（「日本」一九六五年七月号発表、『懐中時計』所収。「大寺さんもの」第二作）原型。

時　雨

初出：早稲田文学　一九四五年十二月（次頁上図）

＊「藁屋根」（「文藝」一九七二年一月号発表、『藁屋根』所収。「大寺さんもの」第八作）原型。

＊三四頁「何処にかあわただしく柩の釘をうつ気

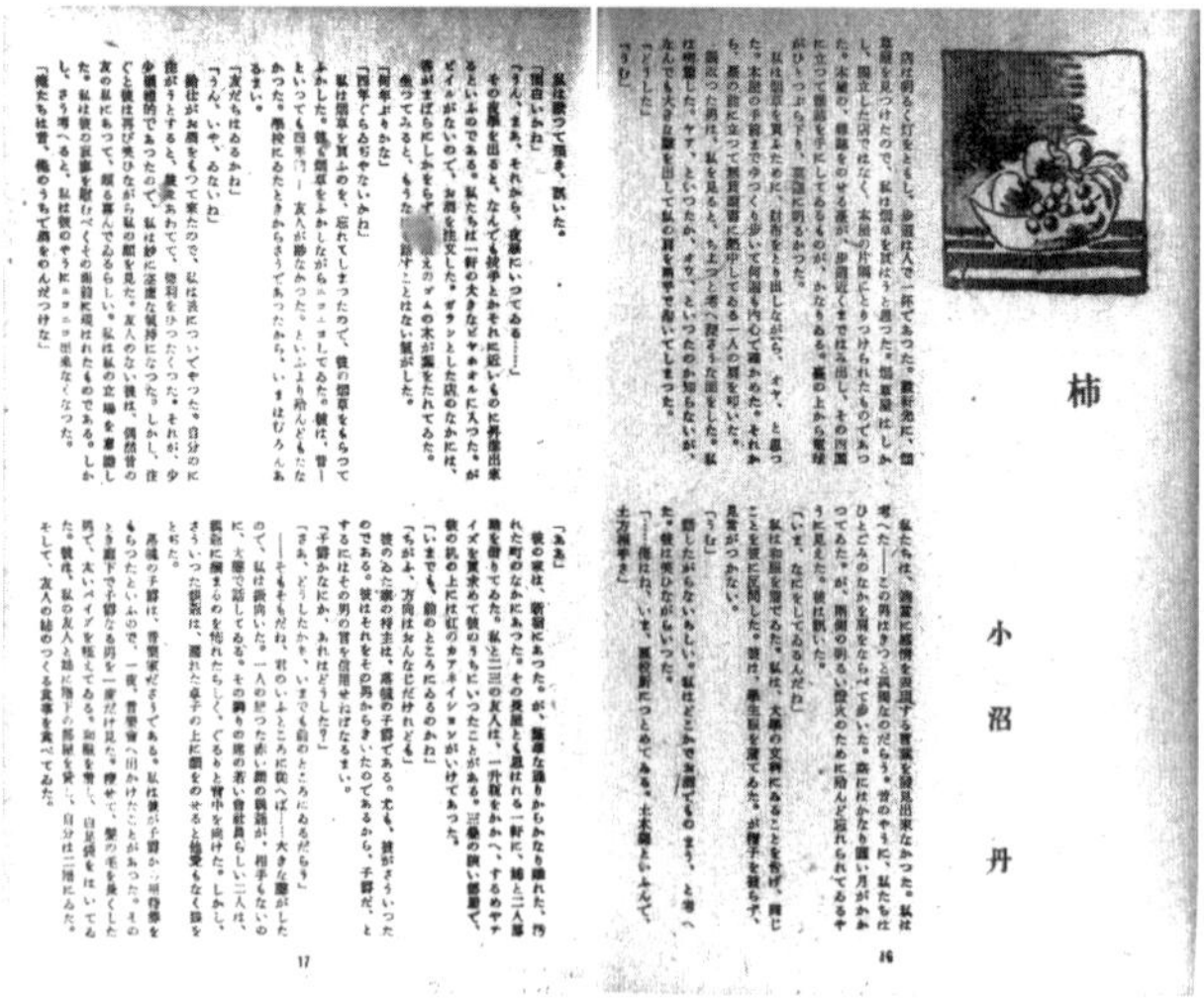
柿

小沼　丹

時雨

小沼丹

20

21

配（……）」はシャルル・ボードレールの詩「秋の歌」（『悪の華』所収）の一節。

白き機影の幻想

初出：文学行動　一九四七年八月（左図）

＊「白い機影」（「群像」一九五四年十月号発表、『村のエトランジェ』所収）原型。

＊一九五四年十月、著者は「白い機影」、「白孔雀

白き機影の幻想

小沼　丹

僕がＫさんと親しくなつたのは、その年の秋からである。家が近かつたから、それまでも顔を合はせれば、会釈するとか、あるひはお座なりの紋切型の日常挨拶を交すことがないこともなかつた。

その年の夏から秋にかけ、僕は健康を害ねた。身体の方はまもなくなほつたが、どうも調子がよくない。神経が少し参つたやうな気がした。知己の医者に診て貰つたら、當分休息するがよからう、といつて診断書を作つてくれた。勤務を不快な重荷に思つてゐた僕は喜んでそれを提出すると、どうやら暫くブラブラしてゐられることになつた。

ところが、さて、ブラブラしてみると當時のことだから自由がきかない。のこのこ殺風景な街に出て行くのもどうかと思はれる。出たところで、また面白いことはひとつもない。Ｋさんは畫家である。大抵、在宅してゐる。自然僕はＫさんに近づくやうになつた。

— 57 —

のゐるホテル」（「文藝」）、「紅い花」（「文學界」）の三篇を同時に発表した。翌年、「白孔雀のゐるホテル」が前年の「村のエトランジェ」に続いて第三十二回芥川賞候補作となり、「白い機影」「紅い花」は銓衡にあたり「参考作品」として扱われた（受賞作は小島信夫「アメリカン・スクール」、庄野潤三「プールサイド小景」）。

＊四七頁「今は秋。その秋の尚ほ汝の胸を破るかな」はフリードリヒ・ニーチェの詩「秋」の一節。

＊七一頁「視よ青ざめた馬あり。（……）」は『新約聖書』「ヨハネの黙示録」六章八節の一節。

秋のゐる広場

初出：文学行動　一九四八年一月（下図）

＊「黄ばんだ風景」（「文學界」一九五五年四月号発表、全集第三巻所収）原型。

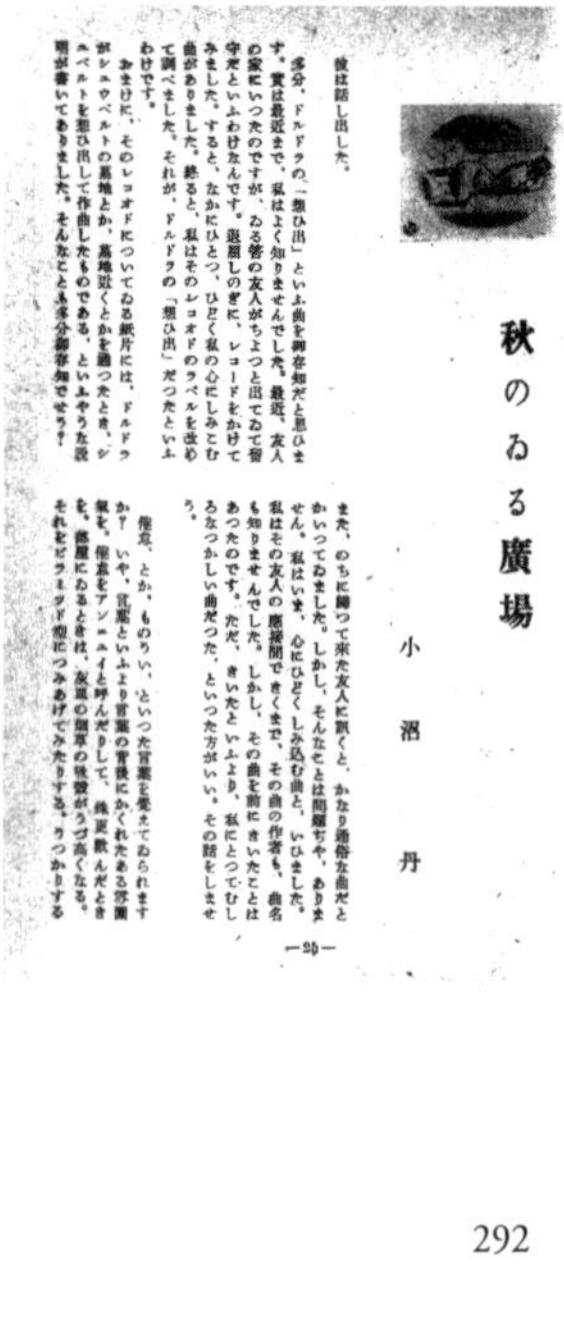
秋のゐる廣場

小沼丹

彼は話し出した。

多分、ドルドラの「想ひ出」といふ曲を御存知だと思ひます。實は最近まで、私はよく知りませんでした。最近、友人の家にいつたのですが、ゐる筈の友人がちよつと出てゐて留守だといふわけなんです。退屈しのぎに、レコードをかけてみました。すると、なかにひとつ、ひどく私の心にしみこむ曲がありました。終ると、私はそのレコオドのラベルを改めて調べました。それが、ドルドラの「想ひ出」だつたといふわけです。

おまけに、そのレコオドについてゐる紙片には、ドルドラがシュウベルトの墓地とか、墓地近くとかを通つたとき、シュベルトを想ひ出して作曲したものである、といふやうな説明が書いてありました。そんなことも多分御存知でせう？

また、のちに歸つて來た友人に訊くと、かなり通俗な曲だとかいつてゐました。しかし、そんなことは問題ぢや、ありません。私はいま、心にひどくしみ込む曲と、いひました。私はその友人の應接間できくまで、その曲の作者も、曲名も知りませんでした。しかし、その曲を前にきいたことはあつたのです。ただ、きいたといふより、私にとつてむしろなつかしい曲だつた、といつた方がいい。その話をしませう。

傷心、とか、ものうい、といつた言葉を覺えてゐられますか？　いや、言葉といふより言葉の背後にかくれたある雰囲氣を。傷心をアンニュイと呼んだりして、銭夏飲んだときも、部屋にゐるときは、灰皿の煙草の吸殻がうづ高くなる。それをピラミッド型につみあげてみたりする。うつかりする

＊「黄ばんだ風景」、「ねんぶつ異聞」（「新潮」一九五五年五月号発表、全集第三巻所収）は、二作同時に第三十三回芥川賞候補作となった（受賞作は遠藤周作「白い人」）。

＊一〇一頁「フルウ・ド・マル」はボードレール『悪の華』Les Fleurs du mal の原題。

細竹

初出：早稲田文学　一九四八年七月（左図）

＊「小径」（「群像」一九六九年十二月号発表、『銀色の鈴』所収）原型。

＊著者はこの年、「秋のゐる広場」ののち小説「鳥打帽の男」（「文学行動」五月。全集補巻所収）を執筆し、谷崎精二訳『ジイキル博士とハイド氏』（太虚堂書房、六月刊）のためにR・L・スチヴンスン「一夜の宿」「ギタア異聞」（全集補巻所収）を翻訳している。そして本作以後、小説・随筆ともに会話文の冒頭にダッシュ（——）が主に用いられるようになる。

忘れられた人

初出：文学行動　一九五〇年一月（次頁上図）

＊「童謡」（「群像」一九七四年一月号発表、『埴輪の馬』所収）原型。

＊「信州の叔父」は、著者の作品のモチーフとしてくりかえし描かれている。井伏鱒二・谷崎精二に認められ「早稲田文学」一九四二年一月号に発表された実質的なデビュー作「千曲川二里」（一九三八年初稿執筆。全集第一巻所収）ほか、本書所収の「ゴンゾオ叔父」などに登場する。

＊一七四頁「泥棒詩人のいひ草ではないが、いま

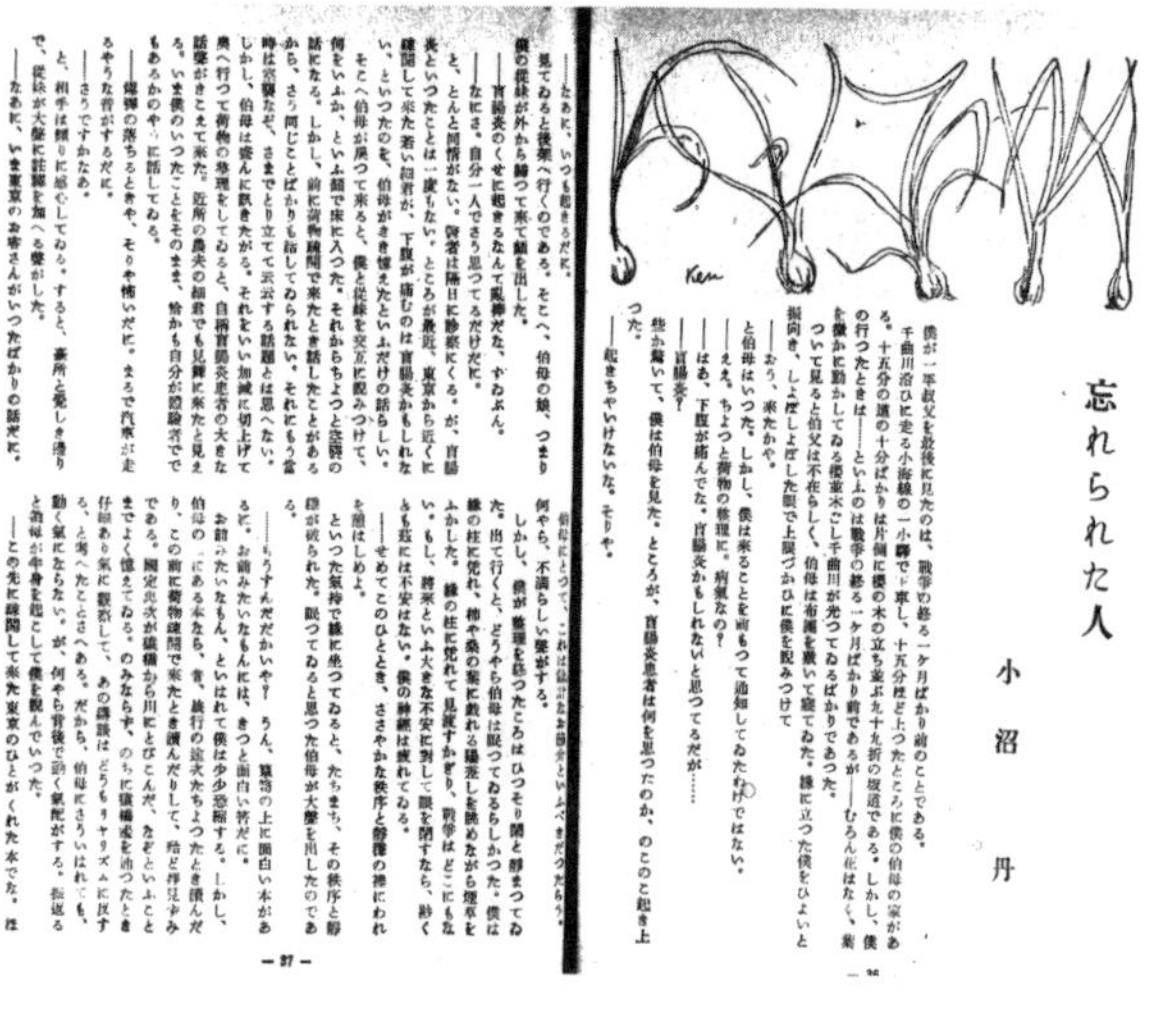

忘れられた人

小沼　丹

僕が一年叔父を最後に見たのは、戦争の終る一ケ月ばかり前のことである。千曲川沿ひに走る小海線の一小驛で下車し、十五分程ど上つたところに僕の伯母の家がある。十五分の道の十分ばかりは片側に櫻の木の立ち並ぶ九十九折の坂道である。しかし、僕の行つたときは――といふのは戦争の終る一ケ月ばかり前であるが――むろん花はなく、葉を僅かに動かしてゐる櫻並木ごし千曲川が光つてゐるばかりであつた。

ついて見ると伯父は不在らしく、伯母は布團を敷いて寝てゐた。縁に立つた僕をひよいと振向き、しよぼしよぼした眼で上眼づかひに僕を睨みつけて

――おう、来たかや。

と伯母はいつた。しかし、僕は来ることを前もつて通知してゐたわけではない。

――ええ。ちよつと荷物の整理に。病気なの？

――はあ、下腹が痛んでな。盲腸炎かもしれないと思つてるだが……

――盲腸炎？

些か驚いて、僕は伯母を見た。ところが、盲腸炎患者は何を思つたのか、のこのこ起き上つた。

――起きちやいけないな。そりや。

― 36 ―

――なあに、いつも起きてるだに。

見てゐると後架へ行くのである。そこへ、伯母の娘、つまり僕の従妹が外から歸つて来て顔を出した。

――盲腸炎のくせに起きるなんて乱暴だな、ずゐぶん。

――なにさ。自分一人でさう思つてるだけだに。

と、とんと同情がない。醫者は隔日に診察にくる。が、盲腸炎といつたことは一度もない。ところが最近、東京から近くに疎開して来た若い細君が、下腹が痛むのは盲腸炎かもしれない、といつたのを、伯母がきき憶えたといふだけの話らしい。

そこへ伯母が戻つて来ると、僕と従妹を交互に睨みつけて、何をいふか、といふ顔で床に入つた。それからちよつと空襲の話になる。しかし、前に荷物疎開で来たとき話したことがあるから、さう同じことばかりも話してゐられない。それにもう當時は空襲なぞ、さまでとり立てて云云する話題とは思へない。しかし、伯母は盛んに訊きたがる。それをいい加減に切上げて奥へ行つて荷物の整理をしてゐると、自稱盲腸炎患者の大きな話聲がきこえて来た。近所の農夫の細君でも見舞に来たと見える。いま僕のいつたことをそのまま、恰かも自分が體驗者ででもあるかのやうに話してゐる。

――爆弾の落ちるときや、そりや怖いだに。まるで汽車が走るやうな音がするだに。

――さうですかなあ。

と、相手は頻りに感心してゐる。すると、臺所と覚しき邊りで、従妹が大聲に註釋を加へる聲がした。

――なあに、いま東京のお客さんがいつたばかりの話だに。

伯母にとつて、これは餘計なお節介といふべきだつたらう。何やら、不満らしい聲がする。

しかし、僕が整理を終つたころはひつそり閑と靜まつてゐた。出て行くと、どうやら伯母は眠つてゐるらしかつた。僕は縁の柱に凭れ、柿や桑の葉に戯れる陽差しを眺めながら煙草をふかした。縁の柱に凭れて見渡すかぎり、戦争はどこにもない。もし、将来といふ大きな不安に對して眼を閉すなら、少くとも茲には不安はない。僕の神經は疲れてゐる。

――せめてこのひととき、ささやかな秩序と靜謐の裡にわれを憩はしめよ。

といつた氣持で縁に坐つてゐると、たちまち、その秩序と靜謐が破られた。眠つてゐると思つた伯母が大聲を出したのである。

……もうすんだだかいや？　うん、箪笥の上に面白い本がある。お前みたいなもん、といはれて僕は少少恐縮する。しかし、お前みたいなもんには、きつと面白い筈だに。

伯母の[illegible]にある本なら、昔、旅行の途次たちよつたとき讀んだり、この前に荷物疎開で来たとき讀んだりして、殆ど拝見ずみである。國定忠次が猿橋から川にとびこんだ、なぞといふことまでよく憶えてゐる。のみならず、のちに猿橋を渡つたとき仔細あり気に觀察して、あの講談はどうもリヤリズムに反する、と考へたことさへある。だから、伯母にさういはれても、動く氣にならない。が、何やら背後で動く氣配がする。振返ると伯母が半身を起こして僕を睨んでいつた。

――この先に疎開して来た東京のひとがくれた本でな。ほ

― 37 ―

何処に在りや」はフランソワ・ヴィヨンの詩「疇昔の美姫の賦」を指す。

＊一八六頁「かくてわれら再び結ばれたり」はトーマス・マンの小説『トニオ・クレーゲル』の一節。

＊同頁「三径は荒に就いて、松菊は猶存せり」は陶淵明（五柳先生）の文「帰去来辞」の一節。

＊一九一頁「百年已に半ばをすぐ、秋至つてうたた饑寒」は杜甫の詩「因崔五侍御寄高彭州一絶」の一節。

＊一九二頁「鶴嘴も測鉛も届かない暗黒と忘却の裡に埋れ、また、眠るべく」はボードレールの詩「不遇」（『悪の華』所収）の一節「多くの宝石は埋もれ眠る／暗黒と忘却の裡／鶴嘴と測鉛から遠く離れて」のもじり。

早　春

初出：早稲田文学　一九五一年十一月（左図）

＊「猫柳」（「婦人之友」一九六九年四月号発表、『銀色の鈴』所収）原型。

＊著者の控え帳によれば、一九四五年三月執筆とされる。

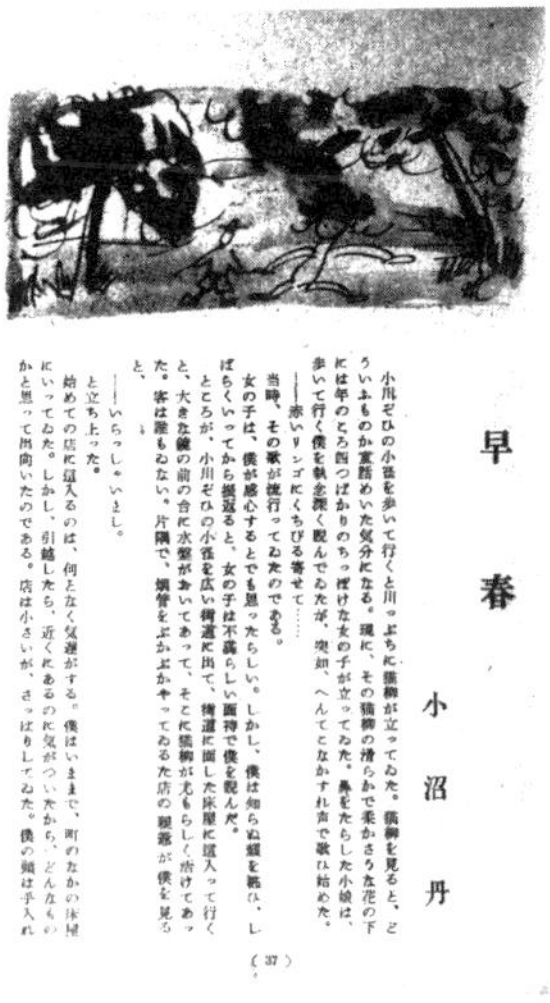

早春　小沼丹

小川ぞひの小径を歩いて行くと川っぷちに猫柳が立ってゐた。猫柳を見ると、どういふものか童話めいた気分になる。現に、その猫柳の滑らかで柔かさうな花の下には年のころ四つばかりのちっぽけな女の子が立ってゐた。鼻をたらした小娘は、歩いて行く僕を執念深く睨んでゐたが、突如、へんてこなかすれ声で歌ひ始めた。

——赤いリンゴにくちびる寄せて……

当時、その歌が流行ってゐたのである。

女の子は、僕が感心するとでも思ったらしい。しかし、僕は知らぬ顔を装ひ、しばらくいってから振返ると、女の子は不満らしい面持で僕を睨んだ。

ところが、小川ぞひの小径を広い街道に出て、街道に面した床屋に這入って行くと、大きな鏡の前の台に水盤がおいてあって、そこに猫柳が尤もらしく活けてあった。客は誰もゐない。片隅で、煙管をぷかぷかやってゐた店の親爺が僕を見ると、

——いらっしゃいまし。

と立ち上った。

始めての店に這入るのは、何となく気遅れがする。僕はいままで、町のなかの床屋にいってゐた。しかし、引越したら、近くにあるのに気がついたから、どんなものかと思って出向いたのである。店は小さいが、さっぱりしてゐた。僕の頭は手入れ

（37）

敬　礼

初出：早稲田文学　一九五三年一月（左図）

＊著者の控え帳によれば、一九四六年九月執筆とされる。

テンポオ翰林院

初出：文藝　一九五六年二月（次頁上図）

＊「昔の仲間」（「群像」一九七〇年八月号発表、

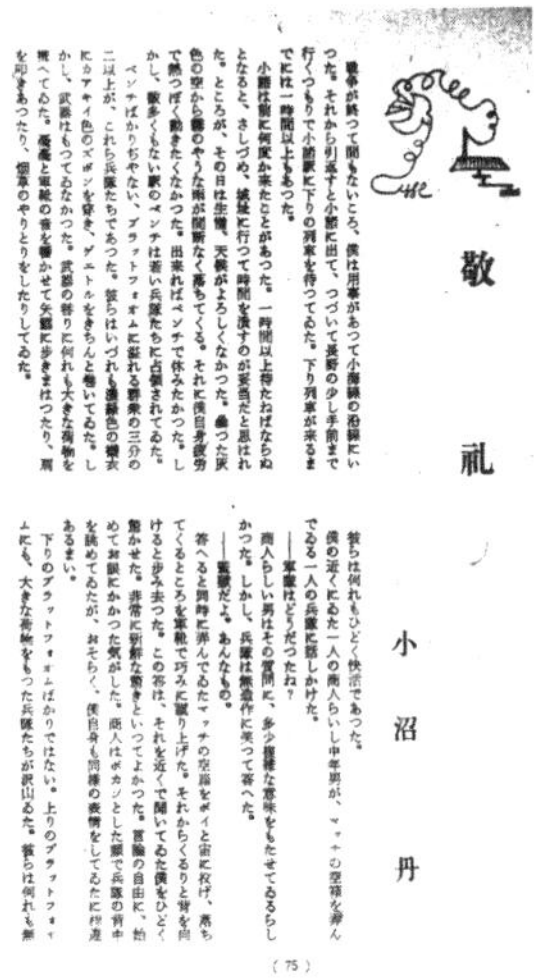

敬礼　小沼丹

戦争が終つて間もないころ、僕は用事があつて小海線の沿線にいつた。それから引返すと小諸に出て、つづいて長野の少し手前まで行くつもりで小諸駅に下りの列車を待つてゐた。下り列車が来るまでには一時間以上もあつた。

小諸は前に何度か来たことがあつた。一時間以上待たねばならぬとなると、さしづめ、城址に行つて時間を潰すのが妥当だと思はれた。ところが、その日は生憎、天候がよろしくなかつた。曇つた灰色の空から霧のやうな雨が間断なく落ちてくる。それに僕自身疲労で熱つぽく動きたくなかつた。出来ればベンチで休みたかつた。しかし、数多くもない駅のベンチは若い兵隊たちに占領されてゐた。

ベンチばかりぢやない、プラットフォオムに溢れる群衆の三分の二以上が、これら兵隊たちであつた。彼らはいづれも濃緑色の軍衣にカアキイ色のズボンを穿き、ゲエトルをきちんと巻いてゐた。しかし、武器はもつてゐなかつた。武器の替りに何れも大きな荷物を携へてゐた。長靴と軍靴の音を響かせて矢鱈に歩きまはつたり、肩を叩きあつたり、煙草のやりとりをしたりしてゐた。

彼らは何れもひどく快活であつた。

僕の近くにゐた一人の商人らしい中年男が、マッチの空箱を弄んでゐる一人の兵隊に話しかけた。

——軍隊はどうだつたね？

商人らしい男はその質問に、多少複雑な意味をもたせてゐるらしかつた。しかし、兵隊は無造作に笑つて答へた。

——監獄だよ。あんなもの。

答へると同時に弄んでゐたマッチの空箱をポイと宙に投げ、落ちてくるところを軍靴で巧みに蹴り上げた。それからくるりと背を向けると歩み去つた。この答は、それを近くで聞いてゐた僕をひどく驚かせた。非常に新鮮な響きといつてよかつた。言論の自由に、始めてお目にかかつた気がした。商人はポカンとした顔で兵隊の背中を眺めてゐたが、おそらく、僕自身も同様の表情をしてゐたに相違あるまい。

下りのプラットフォオムばかりではない。上りのプラットフォオムにも、大きな荷物をもつた兵隊たちが沢山ゐた。彼らは何れも無

（75）

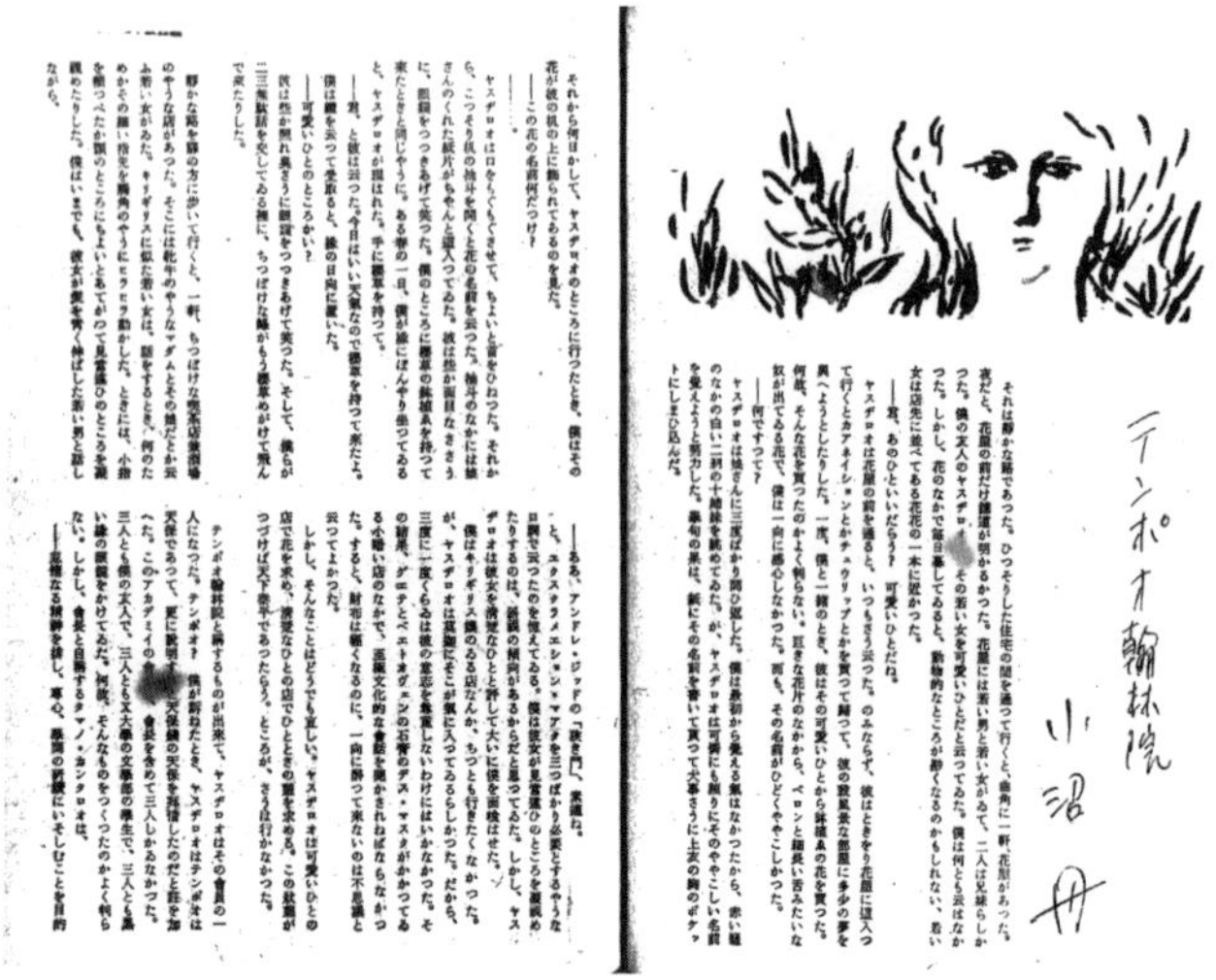

『銀色の鈴』所収）原型。

＊第二次大戦中の一九四二年四月十八日、米軍機B25十六機により日本は初めて本土空襲を受けた（ドーリットル空襲）。その際、東京では早稲田中学が爆撃され、死者二名ほか複数の重軽傷者を出した。

＊二四七頁「われ酔ひて眠らんと欲す、君しばらく去れ、明朝意あらば琴を抱いて来れ」は李白の詩「山中与幽人対酌」の一節。

＊著者の学生時代の様子については、小説や随筆に何度か描かれている。一例として随筆「あの頃」（『早稲田学報』一九五五年三月発表、早稲田大学校友会編『早稲田大学八十年の歩み』一九六二年七月刊所収。全集未収録）を以下に掲載する。

「あの頃」：大学の一年になつたばかりのころ、西條八十教授の講義に出たことがある。僕と友人の矢島静男、伊東保次郎の三人で、三人とも英文科の学生であつた。正門前のドムと云ふ喫茶店で無駄話をしてゐる裡に、「砂金」の詩人の話になつて、誰が云ひ出したのか覚えてゐないが、その講義に出てみようと云ふことになつたものらしい。学校に行つて時間表を見ると、仏文三年の講義がある。しかし、僕らは英文科だから普通なら出るわけには行かないのである。こつそり後ろから這入つて行つたら、西條さんは烟草をふかしながら、五六人の三年生と無駄話をしてゐた。どこそこの奥さんは美人だがヤキモチ焼きだとか、どこそこの夫人は下手な油絵を描くとか云ふ話である。

そのうち、西條さんは烟草をすてて、ぢや始めようか、と云つてプリントを配られた。ところが、プリントが足りない。西條さんが妙な顔をすると、三年生の一人が僕らの方を指した。西條さんは僕らに云つた。

——君たちは見かけない顔だけど、仏文の三年生ですか？

——いや、一年生です。

——一年生は一年生の授業に出なさい。余計なことはしなくていい。

——いえ、休み、なんです。

ぢや仕方がない、と云ふことになつて、三年生のプリントを一枚僕らの方にまはして下さつた。ルコント・ド・リイルの詩が三つばかりタイプで打つてあつて、そのなかの「真昼」と云ふ詩からの抜粋を西條さんは読みながら訳した。いい気持になつて聴いてゐたら、急に西條さんが、さうさう、一年生の歓迎会をやるつて云ふ話、あれはどうなつたかしら？ なんて云ひ出された。僕等は吃驚した。これで仏文科でなく英文科だと判つたらどうなることやらとひどく心細くなつた。しかし、三年生の委員が怠者だつたらしく、いやああれはまだ……とか何とか頭を掻いて有耶無耶になつたので助かつた。

から云ふ僕らも、二年、三年になると学校に御無沙汰する方が多くなつた。出て来てもおい、止めようぜ、なんて誘はれるといとも簡単に落城した。一度は僕自身、三階から二階へ降りて行きながら、前を行く矢島静男におい、この次の谷崎さん、さぼらうや、と大声で云つたら、まはりの学生がくすくす笑つた。谷崎教授自身が、僕のすぐ後から苦笑を浮かべて降りて来てをられたのである。あんなに驚いたことは滅多にない。そのころ、僕らは大いに小説を書き、大いに飲んだ。新宿の樽平とか秋田に行くと、よく谷崎さんは青柳優《ゆたか》氏や野村尚吾さんと飲んでをられた。それを見ると僕らは大抵恐れ入つて尻尾を巻いて退散した。さう云ふ僕らに、谷崎さんは得意然と、ゲイリイ・クウパア張りに二本指の敬礼を送られたものである。

その頃、阿佐ヶ谷か荻窪に行くと、井伏氏が毎晩のやうに飲んでをられた。僕はよく石川隆士と井伏さんのお宅に伺ひ、将棋をよくさしたり御馳走になつたりした。太宰治、伊馬春部、中村地平の三氏が井伏門下の三羽烏と云ふわけで、僕らは負けてはなるものかとひそかに心に期するところがあつた。

しかし生来、怠者に出来上つてゐるせゐか——但し、これは僕らではない——いまもつてろくなことはない。だらしのない話である。

そのころ井伏さんはお酒を飲むと、僕の青春はあと三日しかないんだ、と云はれた。井伏さんが、文士徴用でシンガポオルに行かれたとき、僕は東京駅に見送りに行つた。太宰さんや亀井勝一郎さんも見送りに来てゐた。井伏さんは釣の服装をして、釣竿を入れる袋に刀を入れてつまらなさうな顔をしてをられた。そして、低声で――君、いやだね、どうもいやだよ。と仰言た。

石川隆士も佐藤安人と一緒に東京駅へ行つたが、手違ひで井伏さんにお会ひ出来なかつた。佐藤安人は僕らより一年上で、そのとき国文科三年生だつたが、俺は井伏先生にお会ひ出来ぬまま死ぬんだらう、と残念がつてゐた。そして戦争に行つて死んだ。死んだのは彼ばかりぢやない。僕の親しくしてゐた矢島静男も伊東保次郎も戦死した。暗い長いトンネルをくぐり抜けて見たら、四囲に幾つも空席が出来てゐて、太陽が白白しく照りつけてゐたと云ふところである。こんな空虚は僕ら前後の年代が最も切実に味はつたものだらう。

僕は在学中「早稲田文学」に四つばかり短篇を発表し、卒業して暫くしてから同人となつた。が、その前から「文学行動」と云ふ同人誌に這入つてゐた。これは戦争中一時中絶し〔昭和〕廿二年に再刊した。同人には、小林達夫、吉岡達夫、武田麟太郎、井上孝、小笠原貴雄などがゐた。何でも当らねばならん、と云ふわけで小林や吉岡は寒い数寄屋橋の上に台をおいて雑誌を並べたりした。そのとき、鈴木幸夫氏が買つてくれた、と吉岡が喜んでゐたところを見ると、よほど売行が悪かつたのだらう。何しろひどい雑誌で表紙にデュフィを使つたのはいいけれど、僕の小説なぞ一頁に誤植が三分の一もあつた。

しかし、二号からは印刷屋を替へ、志賀直哉、広津和郎両氏をおよびして、ある寺で座談会をやりその記事をのせた。ものがないときで、ウドンを山と茹でて一同で食べた。志賀さんは紅茶用に出したコンデンス・ミルクをスプウンですくつて美味しさうに舐めてをられた。ところがこの座談会で、志賀さんが文章にして一行ほど太宰さんに触れられたのが太宰さんの眼にとまつて、例の「如是我聞」と云ふ文章になつて現はれたのである。雑誌は廿四年か廿五年までつづいて廃刊になつた。発展的解消と僕らは称した。が、実はどうにもお金の工面がつかなくて潰れたのである。

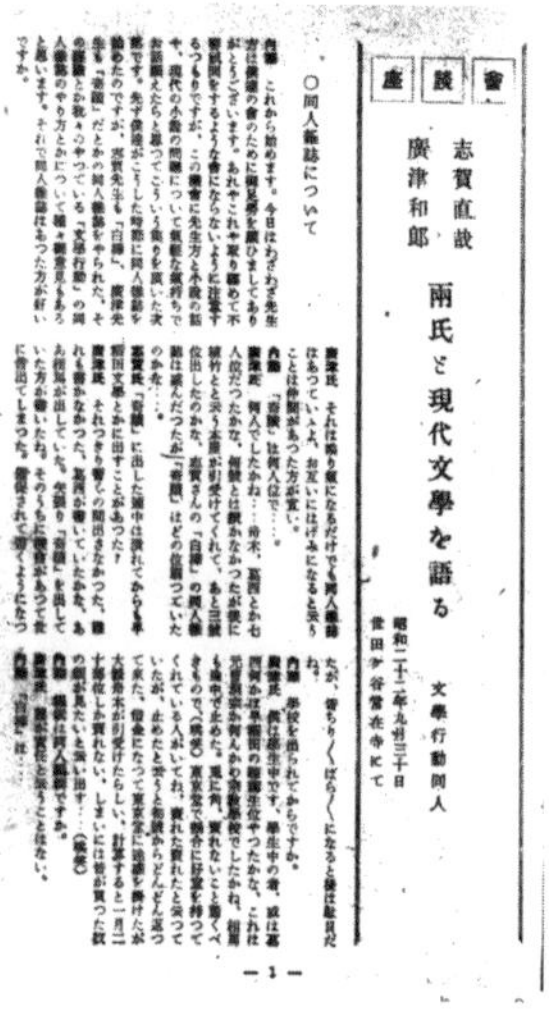

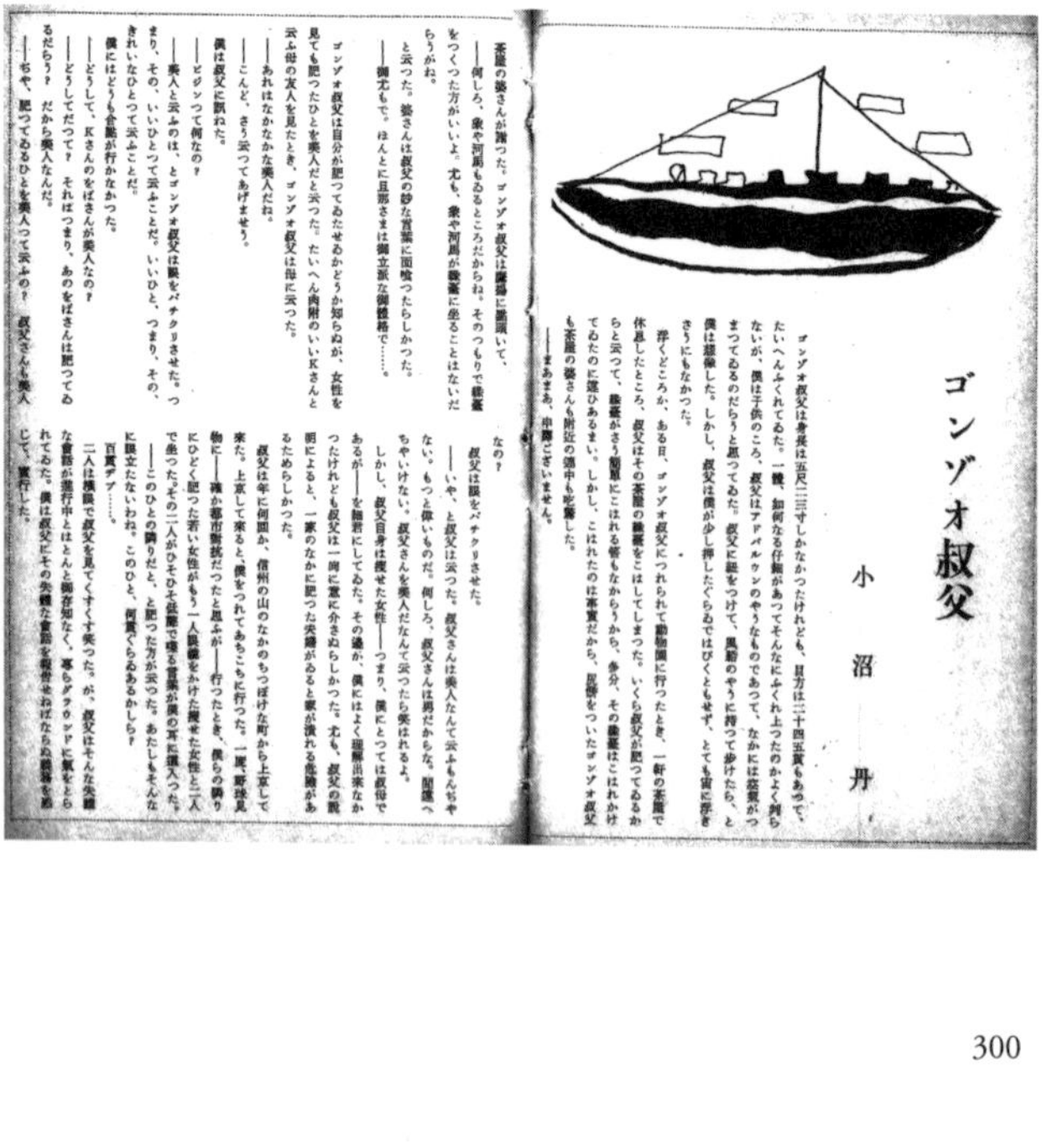

＊「志賀直哉　広津和郎　両氏と現代文学を語る」は「文学行動」復刊二号（一九四八年一月）

に掲載。同じ号に「秋のゐる広場」が掲載されている。また、太宰治が志賀直哉を中心に批判した「如是我聞」は「新潮」一九四八年三、五〜七月号に連載され、同年六月十三日の太宰の死去により未完となった。

ゴンゾオ叔父

初出：群像　一九五六年十月（前頁下図）

＊「童謡」（前同）原型。「童謡」では「忘れられた人」および本篇の他にも、随筆「一番星」（「労働文化」一九七二年四月号発表。『ミス・ダニエルズの追想』所収）、「童謡」（同誌同年五月号発表。同書所収）に描かれた挿話が含まれている。

（幻戯書房編集部）

解説

小沼文学の原風景

中村　明

筑摩書房刊行の著書『名文』の中で小沼丹『懐中時計』の一節を取り上げた四十年前のその折、一面識もないこの作家を早稲田大学の研究室に訪ね、その挨拶をした。小沼救《はじめ》教授は大学院の演習中で、休憩時間に紅茶をすすりながらしばし雑談。辞去しようとする背中に「あなた、お酒召し上がる?」という声が聞こえ、「たしなむ程度」と笑顔を返した。

以降、講談社文芸文庫の『懐中時計』に人と作品「ヒューマーの航跡」を執筆、作者自身の校閲を得て「年譜」を作成し、同じく『小さな手袋』の「作家案内」を担当したのに始まり、『小沼文学の笑いと郷愁』『小沼丹〝大寺さんもの〟の文体序説』『小沼丹随筆の笑い』という学術論文、『井伏小沼八百番手合』『吉野君と大寺さん』といったとぼけた題の論文、『一手有情――小沼丹氏と将棋』『なつかしき夢――小沼文学の風景』『随感ゆりかごの小沼丹』という随筆その他を、早稲田大学大学院文学研究科の紀要や雑誌『群像』『早稲田文学』等に発表してきた。その中で対象とした小沼作品のほとんどは、大島一彦・高松政弘両氏と編纂した未知谷版『小沼丹全集』に収録されている。

このたび幻戯書房から刊行されるこの小沼丹初期短編集には、そのままの形では全集に収録されていない作品が並んでいる。すなわち、『柿』はのちの『揺り椅子』の原型、『時雨』は『藁屋根』の原型、『白き機影の幻想』は『白い機影』の原型、『秋のゐる広場』は『黄ばんだ風景』の原型、『細竹』は『小径』の原型と目され、『忘れられた人』はのちの『童謡』の原型であるとともに一部は『古い編上靴』とも関連する。また、『早春』は『猫柳』の原型、『テンポオ翰林院』はのちの『昔の仲間』の関連作品と見られ、『ゴンゾオ叔父』もまた前掲『童謡』に関連する作品であると考えることができそうである。作者によって習作と位置づけられたこれらの作品にどういう改変がなされたかを探ってみたい。

『柿』に「祖国のためにその生命を捧げたか」、『白き機影の幻想』に「空襲のサイレンが鳴る」、『忘れられた人』に「鼻垂小僧は、どこかの戦線で死んだかもしれない」、『早春』に「その店が戦災で焼けてしまふ」、『テンポオ翰林院』に「病院が火事だぞ。焼夷弾が落ちたんだ」とあるなど、旧作に戦争の影が色濃く落ちていたのが、やや薄まった感がある。

『白き機影の幻想』でH夫人とKとの情事のほか語り手の「僕」との関係も描かれたのが、『白い機影』ではハタ夫人の浮気相手が画家のタキのみとなっているほか、「僕たちはまるでそれが義務のやうに抱擁した」というラストシーンも「あたしが好きだったんですって?」という夫人の問いかけにとどまるなど、男女間のセクシャルな描写が改稿時には大幅に脱色され、淡い感じに仕上がっている。

『時雨』で「私の借りた家の隣りに家主の妻君が一人で住んでゐる」と、独身の男が一人住まいの女性の隣家を借りたように読めるのに対し、『藁屋根』では「大寺さん夫婦の住む二部屋」とあり、「家主の細君は階下の矢鱈に広い所に、女学生と二人住んでゐた」ともあって、娘と二人暮らしの家の二階を新婚夫婦が借りたように読める。また、『白き機影の幻想』で「医者も薬もうけつけなかつた」とKが病死した書き方になっているのに、『白い機影』では「首を縊つて死んだ」と縊死したことに書き換えられた。さらに、『秋のゐる広場』で教授の娘らしい存在だった少女が、『黄ばんだ風景』ではもっと年上の娘の訳ありの子供すなわち孫を思わせる扱いに変わるなど、事実関係の変更と認定できそうな箇所もある。

細かいところでは、『ゴンゾオ叔父』でアイスクリームの代わりに「氷のブッカキ」を買ってくれた箇所が、『童謡』で「大きな罐のビスケット」に変更された。何故か知らん?


今度は、表現上の変化を作品ごとに追ってみよう。まず、『柿』にあった「冷たい感触が私に、昔のことを思ひ出させた」のように抽象的な主体が他動詞の主語になる欧文脈の構文が、改作された『揺り椅子』には見られない。「杳として知れぬ」のような型にはまった言いまわし、「人生の虚偽を忘れ」といった大仰な抽象的言辞も姿を消している。思いがけない再会時の「考へ深さうな面」というひねった表現は、「訝し気な顔」とまっすぐに矯正された。

『時雨』では、「私の静寂を貫いた」と気どった表現、「栄華を極めた風雲児」「かつての日の老人の雄姿」と評する大げさな表現、「牧場の近くの住人」と呼ぶ人があると、その「牧場」という「呼称上の一資格を幾らか浪漫的に考へた」とあり、「牛よ、お前の孤独を知ってゐる」と展開する情感過多の表現などが、改作された『藁屋根』では姿を消す。原型に「興味を惹いた」「好奇心を唆つた」とあるのは、後年の「かしらん?」に通じるだろう。『白き機影の幻想』では、「紅茶の香が、僕に、何故か平和の世の思を想ひ出させた」という欧文直訳体、「白壁を見て突然、死を想つた」という唐突な表現、「センチメンタル・アフエア」という持ってまわった用語、「碧空を理解した気がした。その碧さを、広さを、深さを……そして涯しない虚無の世界を」という感傷的な強調表現、「生と死を二分する一瞬」といった極端な筆致が、いずれも改作された『白い機影』では影をひそめる。

『秋のゐる広場』ではまず「秋」という時間を「ゐる」と擬人化した若書きの作品名が『黄ばんだ風景』に変更される。「硝子が多く使つてあるので、店のなかは明かるく」の箇所で、前半の理由説明を冗長と判断したか、改作では削除されている。「夢想的」といった手軽な形容や、「滑稽と悲惨」といった抽象的な概括の表現も、改作には現れない。

『細竹』では「漂泊する僕の心が休息しに戻つて行く港」という大仰な概念的比喩が、改作された『小径』では姿を消している。なお、冒頭場面から「——坊ちゃん、今日は。」という形の会話が展開し、それまでのカギ括弧でなくダッシュで会話を起こす。のちの小沼丹の会話引用に関する形式的な特徴は、どうやらこの作品あたりから始まったようである。『忘れられた人』にあった「時の変改に驚いて一栄一落是春秋、と呟いても」のような漢文口調の硬い表現は、改作された『童謡』ではすっかり影を消している。『早春』では「省線」という語が、改作された『猫柳』では「国電」に換言されている。それぞれの執筆時に応じた用語変更であり、今なら「ＪＲ」となるところだろう。また、「赤いリンゴにくちびる寄せて」というサトウハチロー作詞「リンゴの唄」の一節が削除されるのも、長く読まれる文学作品にとって時代の限定が気になったからかもしれない。『テンポオ翰林院』は「それは静かな路であつた」という一文で始まる。関連作品『昔の仲間』には、英語の構文を連想させるこのような気どった表現は出てこない。また、時折出てくる「明朝意あらば琴を抱いて来れ」や、「兄たり難く弟たり難い出来栄」のような文語的な格式を感じさせる表現、「エクスクラメエシヨン・マアクを三つばかり必要とするやうな口調」という誇張表現、「ひどく失礼な評価」といった持ってまわった感じの婉曲表現も姿を消し、「極めて汚いものを運搬する荷車」といった間接表現も、『昔の仲間』ではずばりと「汚穢《おわい》屋の車」と明記してある。なお、伊東保次郎をモデルにしたらしい人物が「ヤスジロオ」、同じく玉井乾介《けんすけ》を思わせる人物が「タマノ・カンタロオ」と、この作品でカタカナ表記が目立つが、この作家がある時期『不思議なシマ氏』などカタカナ名の人物をしばしば登場させる娯楽性の多い作品を発表していた事実と呼応するかもしれない。『黒いハンカチ』の探偵も「ニシ・アヅマ」という人をくった名の女性だ。「——君、と彼は云つた。今日はいい天気なので桜草を持つて来たよ」のように、発話の途中に地の文をはさむ形の会話引用の例がすでに出現する。後年の小沼文学の形式的な特徴の芽生えとして注目される。

『ゴンゾオ叔父』の「路傍の桑の木に向つて自然の要求に応じた」という抽象化した表現が、関連作品『童謡』には現れない。他の作品では「立ち小便」という率直な語も使用している。「イギリスの紳士はいつでも傘を持つてるぢやないか」という叔父の発話は「英吉利紳士は、いつも洋傘を持つてるぢやないか」と表記が微調整される。また、「百貫デブ」の叔父が「あのをばさんは肥つてゐるだらう? だから美人なんだ」と主張し、「叔父さんも美人なの?」という子供らしい問いを発する美人論争の場面は、『童謡』で「何故、裸の画を描くの?」という子供の質問に「美人、不美人が良く判るやうに裸にするのだ」と説明し、「これなんかいい画だ」と、「肥つた裸婦の画」を推奨する場面にふくらむ。

総じて、気負った若書きが消え、洗練されて飄逸の表現へと向かう。風俗地理の写真集をめくりながら、パリの下町も美しい並木路も戦争で壊滅したことに腹を立て、「濃艶な微笑」を送る美女が「皺だらけの梅干婆さん」と化すことを嘆く『忘れられた人』の場面がそのまま保存された事実は重い。初期作品に目立つ郷愁こそが小沼文学の原風景なのだろう。その意味で、戦時中の作品『柿』に「一箇の赤い柿の実が私の脳裏をかすめるとき、私は人生の虚偽を忘れ、古い顔のひとつにいひしれぬなつかしさと憩ひを覚え」と書いたのは象徴的だ。

文学の師井伏鱒二が涙を笑いにすりかえたように、この作家も喪失感の遣り場として、ユーモアに紛れ込んだような気がする。小沼作品の根っこにあるのは、過ぎ去ったものに対する痛恨の思いだ。それは逝きし人だけではない。犬や花や鳥もそうだし、かつての街並や一つの時代を懐かしんできたのかもしれない。

装幀　緒方修一

小沼丹（おぬま・たん）一九一八年、東京生まれ。一九四二年、早稲田大学を繰り上げ卒業。井伏鱒二に師事。高校教員を経て、一九五八年より早稲田大学英文科教授。一九七〇年、『懐中時計』で読売文学賞、一九七五年、『椋鳥日記』で平林たい子文学賞を受賞。一九八九年、日本芸術院会員。他の著作として短篇集に『白孔雀のいるホテル』、『風光る丘』、『不思議なソオダ水』など、著作集に『小沼丹作品集』（全五巻）、『小沼丹全集』（全四巻＋補巻）がある。一九九六年、肺炎により死去。海外文学の素養と私小説の伝統を兼ね備えた、洒脱でユーモラスな筆致が没後も読者を獲得し続けている。なお、生誕百年記念企画として小社刊に『小沼丹未刊行少年少女小説集』（全二冊）、『不思議なシマ氏』、『ミス・ダニエルズの追想』、『井伏さんの将棋』がある。

銀河叢書

ゴンゾオ叔父

二〇一九年一月九日　第一刷発行

著　者　小沼　丹
発行者　田尻　勉
発行所　幻戯書房
郵便番号一〇一―〇〇五二
東京都千代田区神田小川町三―十二
岩崎ビル二階
TEL　〇三（五二八三）三九三四
FAX　〇三（五二八三）三九三五
URL　http://www.genki-shobou.co.jp/
印刷・製本　精興社

ISBN978-4-86488-162-3　C0393

✿「銀河叢書」刊行にあたって

敗戦から七十年が過ぎ、その時を身に沁みて知る人びとは減じ、日々生み出される膨大な言葉も、すぐに消費されています。人も言葉も、忘れ去られるスピードが加速するなか、歴史に対して素直に向き合う姿勢が、疎かにされています。そこにあるのは、より近く、より速くという他者への不寛容で、遠くから確かめるゆとりも、想像するやさしさも削がれています。

長いものに巻かれていれば、思考を停止させていても、居心地はいいことでしょう。

しかし、その儚さを見抜き、伝えようとする者は、居場所を追われることになりかねません。

自由とは、他者との関係において現実のものとなります。

いろいろな個人の、さまざまな生のあり方を、社会へひろげてゆきたい。読者が素直になれる、そんな言葉を、ささやかながら後世へ継いでゆきたい。

星が光年を超えて地上を照らすように、時を経たいまだからこそ輝く言葉たち。そんな叡智の数々と未来の読者が出会い、見たこともない「星座」を描く――

銀河叢書は、これまで埋もれていた、文学的想像力を刺激する作品を精選、紹介してゆきます。

初書籍化となる作品、また新しい切り口による編集や、過去と現在をつなぐ媒介としての復刊を手がけ、愛蔵したくなる造本で刊行してゆきます。

小島信夫	『風の吹き抜ける部屋』	四三〇〇円
田中小実昌	『くりかえすけど』	三二〇〇円
舟橋聖一	『文藝的な自伝的な』	三八〇〇円
舟橋聖一	『谷崎潤一郎と好色論　日本文学の伝統』	三三〇〇円
島尾ミホ	『海嘯』	二八〇〇円
石川達三	『徴用日記その他』	三〇〇〇円
野坂昭如	『マスコミ漂流記』	二八〇〇円
串田孫一	『記憶の道草』	三九〇〇円
木山捷平	『行列の尻っ尾』	三八〇〇円
木山捷平	『暢気な電報』	三四〇〇円
常盤新平	『酒場の風景』	二四〇〇円
田中小実昌	『題名はいらない』	三九〇〇円
三浦哲郎	『燈火』	二八〇〇円
赤瀬川原平	『レンズの下の聖徳太子』	三二〇〇円
色川武大	『戦争育ちの放埒病』	四二〇〇円
小沼丹	『不思議なシマ氏』	四〇〇〇円
小沼丹	『ミス・ダニエルズの追想』	四〇〇〇円
小沼丹	『井伏さんの将棋』	四〇〇〇円
小沼丹	『ゴンゾオ叔父』	四〇〇〇円

……以下続刊

幻戯書房の既刊（各税別）

小沼丹未刊行少年少女小説集・推理篇

春風コンビお手柄帳

小沼　丹

「あら、シンスケ君も案外頭が働くのね。でも80点かな？」。中学生二人組が活躍する表題連作ほか、日常の謎あり、スリラーあり、ハードボイルドあり、と多彩な推理が冴え渡る。名作『黒いハンカチ』以来60年ぶりとなるミステリ作品集。（巻末エッセイ・北村薫）

四六判上製／二八〇〇円

小沼丹未刊行少年少女小説集・青春篇

お下げ髪の詩人

小沼　丹

「ああ、詩人のキャロリンが歩いている。あそこに僕の青春のかけらがある」。東京から山間へとやって来た少年の成長を明るく描く中篇「青の季節」ほか、物語作者としての腕が存分に発揮された恋愛短篇を集成。切ない歓びに満ちた作品集。（解説・佐々木敦）

四六判上製／二八〇〇円

不思議なシマ氏

小沼 丹

銀河叢書 女スリ、車上盗難、バイク事故……連鎖する謎を怪人物・シマ氏が華麗に解き明かす表題作ほか、時代小説、漂流譚にコントと、小沼文学の幅を示すいずれも入手困難な力作全五篇を初めて収めた娯楽中短篇集。（初版一〇〇〇部限定／解説・大島一彦）

四六判上製／四〇〇〇円

文壇出世物語

新秋出版社文芸部編

あの人気作家から忘れ去られた作家まで、紹介される文壇人は百人（＋α）。若き日の彼らはいかにして有名人となったのか？　井伏鱒二・武野藤介が執筆したとも噂される謎の名著（一九二四年刊）を、21世紀の文豪ブームに一石を投じるべく大幅増補のうえ復刊。

四六判並製／二八〇〇円